Para Clio, mi mo'opuna wahine, con mucho aloha.

Beforever™

En los libros BeForever descubrirás personajes intrépidos que despertarán tu curiosidad sobre el pasado, te inspirarán a encontrar tu propia voz en el presente, y te contagiarán su entusiasmo por el futuro. Sentirás un lazo de amistad con ellas a medida que compartas sus momentos divertidos y sus grandes desafíos. Al igual que tú, ellas son brillantes, valientes, imaginativas, emprendedoras, creativas, amables... y también se encuentran en la búsqueda de las cosas importantes de la vida; como ayudar a otros, ser buena amiga, cuidar la Tierra y defender lo que es correcto.

Te invitamos a leer sus historias, a explorar sus mundos y a unirte a sus aventuras. Tu amistad con ellas será una experiencia inolvidable. Una experiencia BeForever.

Creciendo
con aloha

Un clásico de Nanea
Volumen 1

por Kirby Larson

★ American Girl®

Publicado por American Girl Publishing

17 18 19 20 21 22 23 QP 10 9 8 7 6 5 4 3 2 1

Todas las marcas de American Girl, BeForever™, Nanea™, y Nanea Mitchell™
son marcas registradas de American Girl.

'Mai Poina 'Oe Ia'u' escrita por Lizzie Doiron

Este libro es una obra de ficción. Cualquier parecido con personas reales es
coincidencia y no tiene carácter intencional por parte de American Girl.
Las referencias a eventos, personas o lugares reales se han usado de manera ficticia.
Otros nombres, personajes, lugares e incidentes, son producto de la imaginación.

Imagen de la portada por David Roth y Juliana Kolesova
Imagen del autor por Meryl Schenker
Adaptación al español: Hogarth Worldwide de México

Agradecimiento especial por el permiso de uso de las imágenes de la portada a:
Photograph/advertisement of 'Aloha to the Lurline... And You' usada bajo licencia
de Matson Navigation Company, Inc.; 'Waikiki Beach' © iStock.com/delamofoto;
'Splash' © iStock.com/ShaneMyersPhoto; 'Frangipanis Flowers' © iStock.com/
JulienGrondin.

Cataloging-in-Publication Data disponible en la Librería del Congreso

americangirl.com/service

❀ Í *n* DICE ❀

Nanea vive en Hawái, en la isla Oahu, así que en
este libro verás algunas palabras en hawaiano.
Podrás ver el significado y la pronunciación en
el glosario de la página 202.

El nombre de Nanea se pronuncia Na-né-a,
y significa 'encantadora y agradable'.

No soy la bebé de la familia.

obre las persianas, se deslizaba suavemente la luz del sol. Nanea Mitchell se estiró, respiró el dulce olor a jengibre y flores de plumeria, y percibió el delicioso aroma del desayuno. ¡Salchichas! Mele movió su cola con expectativa.

—Buenos días, perrita *poi* —dijo Nanea acariciando a Mele. Saltó de la cama y cambió el calendario de la pared, de Octubre a Noviembre de 1941. Era sábado. Nanea se puso una playera con la imagen de una cabaña *tiki* rodeada de palmeras, y unos *shorts* blancos.

Su hermana Mary Lou, de quince años, bostezó aflojando sus trenzas mientras salía de la cama. Caminó hacia el tocador agitando su negro cabello sobre sus hombros y encendió su pequeño radio marca Admiral.

—Se te ve bien el cabello —dijo Nanea.

Mary Lou tomó su cepillo y volteó a ver a Nanea.

—Déjame peinarte.

—¡Así está bien! —Nanea saltó lejos de su alcance.

—¡Alice Nanea Mitchell! —Mary Lou la regañó diciendo su nombre completo. Papá había elegido el nombre de Alice, porque era el nombre de su mamá y Mamá había elegido Nanea, porque significaba 'encantadora y agradable'.

— A veces eres tan infantil... Mary Lou suspiró.

—Hoy no —dijo Nanea levantando su *'eke hula*, una canasta para cargar vestuario e implementos—. ¿Ves? Estoy lista para la clase de hula.

Mientras Mary Lou se vestía, Nanea se aseguraba de que tuviera ambos sets de palos de madera para bailar. El *kala'au* era del tamaño de una regla; cuando los golpeaba hacían un sonido de *tic-tic,* como el del gran reloj de su salón de clases. El *pu'ili* era más largo y hacía un sonido chistoso, que le recordaba a Nanea la caja registradora del mercado Pono, la tienda de sus abuelos.

Eso hizo que recordara otra cosa.

—¿Qué tal si voy a trabajar contigo después de clases? —preguntó—. *Tutu* dice que soy de gran ayuda.

—*Tutu* te consiente mucho porque eres la bebé de la

familia — contestó Mary Lou.

Nanea sabía que su abuela no la consentía y que ella no era una bebé. Pero antes de que pudiera decirle algo a Mary Lou, 'Chattanooga Choo-Choo' sonó en la radio. Mary Lou la tomó de las manos y le dio vueltas por toda la habitación mientras cantaba.

—¡Wow! eso fue divertido —dijo Mary Lou cuando la canción terminó. Sus ojos brillaban.

—El hula es más lindo —dijo Nanea imitando a un pez que nada.

Mele lamió las manos de Nanea mientras las movía como si fueran la cola de un pez.

—¡Estos no son peces reales, tontita! —dijo Nanea.

—¿Qué pasa aquí? —Peguntó David, hermano mayor de Nanea, mientras se asomaba a la habitación de las niñas, dejando una ola de Old Spice a su paso.

Nanea vio el estuche del ukulele en su mano.

—¿Vas a tocar hoy? —preguntó.

David, de diecisiete años, trabajaba como botones en el Hotel Royal Hawaiian, pero a veces sustituía a uno de los músicos si se enfermaba o se iba a surfear.

—Tal vez —dijo—. Soy un Boy Scout, siempre estoy preparado. Ahora vamos, el desayuno ya está listo.

Las niñas lo siguieron a la cocina.

—¡Buen día! —dijo Nanea besando la mejilla de Papá.

—Mejor dicho, buenas noches para mí —contestó Papá. Había trabajado en el turno de la madrugada, así que se fue a dormir después de desayunar, eso en realidad era su cena— ¿Te gusta mi loción? —Papá sonrió—. En vez de Old Spice, es Old Fuel.

Nanea había escuchado ese chiste millones de veces, pero de todas formas se reía. Nada quitaba el olor a aceite que tenía Papá por trabajar como soldador en el astillero de Pearl Harbor. En la Base Aérea Hickam, junto al astillero, había muchos barcos y aviones. David decía que Pearl Harbor era importante en el Pacífico, así como Papá. Eso siempre hacía reír a Papá.

Nanea recordó la conversación con su hermana, y volteó a ver a Mamá.

—¿Por qué no puedo trabajar en el mercado Pono? Casi tengo diez.

Mamá acarició el cabello de Nanea.

—No te apresures a crecer.

—Sí, monita —David movió su tenedor—. Disfruta tu niñez mientras puedas.

—Me encantaría tener nueve otra vez —dijo Mary

Lou—. Sin responsabilidades.

Nanea frunció el ceño. ¡Tenía muchas responsabilidades! Cuidaba a Mele, ponía la mesa y siempre
entregaba a tiempo su tarea. Pero Nanea quería responsabilidades de adulto, como trabajar en el mercado.

—¿Acaso veo es una nube gris en la cara de cierta
niña? Papá molestó a Nanea.

Ella apoyó su cabeza contra la de Papá. Su cabello
era rojizo y el de ella era negro; él tenía ojos azules y
ella color avellana. Los niños Mitchell habían nacido en
Oahu, como Mamá. Pero Papá había nacido más lejos,
en Beaverton, Oregón. Y había crecido en una granja
y no en una ciudad como, Honolulu. A pesar de las
diferencias, Nanea y Papá eran muy parecidos. Les
gustaban casi las mismas cosas: las tiras cómicas, pescar
y los perros, en particular Mele. Nanea rodeó el cuello
de Papá con sus brazos y lo abrazó dos veces. Ese era su
código secreto de 'amigos para siempre'.

Luego se sentó y se sirvió jugo de piña.

—El que sea la más pequeña no significa que no
pueda hacer cosas de adultos —Nanea se quejó. Se preguntaba por qué su *'ohana*, le daba una oportunidad.

Papá sonrió.

—Recuerdo cuando estaba ansioso por manejar el tractor en la granja de los Mitchell. Fue muy difícil tener que esperar a cumplir trece. Y tu abuelo dijo que me tenía que aprender las tablas de multiplicar antes de poder manejar una máquina registradora.

—*Tutu Kane* dice que tenías nueve —dijo Nanea—. Tenías mi edad.

Papá hizo como si lanzara una línea de pesca.

—Escucho que los peces están picando —dijo—. Tal vez podrías llamar a los otros dos gatitos para la cena.

Papá les decía 'los tres gatitos', a Nanea y a sus dos mejores amigas; Lily Suda y Donna Hill.

—Hoy tengo más ganas de ayudar que de pescar —dijo Nanea haciendo pucheros.

Mele ladró cuando escuchó su palabra favorita.

—Estoy de acuerdo, Mele. Unos pescados frescos estarían muy *'ono*, deliciosos —Papá movió sus cejas y Nanea no aguantó la risa. Cuando Papá decía palabras en hawaiano, sonaba como un turista aunque vivía en Oahu desde hacía años.

—¡Mira la hora! —Mamá le dio a Nanea un pan de guayaba—. Esto es para tus abuelos. ¡Ahora corran!

Las sandalias de Mary Lou chocaban contra la

banqueta mientras los pies descalzos de Nanea hacían
un suave *pat-pat-pat*. Mele corrió detrás de ellas. Había
acompañado a Nanea a sus clases de hula desde la
primera vez, cuando ella tenía cuatro años. A Tutu no
le importaba. Decía que la cola de Mele se movía tanto,
que ya no tenía que barrer el linóleo.

En la casa de Tutu, Nanea y Mary Lou se unieron a
la fila con otras bailarinas que estaban formadas afuera
del *lanai*. El pórtico trasero de la casa de Tutu era su
estudio de hula.

Cuando Tutu sacó el *ipu*, tambor de calabaza, todas
guardaron silencio. Nanea se concentró, enfocando su
mente y su corazón en la lección que iba a empezar.

—*Makaukau?* —Tutu comenzaba todas las clases
preguntándole a las bailarinas si estaban listas.

—*Ae* —contestaron todas— Sí.

Con Tutu marcando los tiempos en el *ipu*, las bailarinas practicaron los pasos básicos del hula.

—Muy bien —dijo Tutu. Colocó el tambor a un lado
y puso un disco en el fonógrafo. Mientras empezaba a
sonar 'Lovely Hula Hands', las bailarinas de la misma
edad de Nanea, formaron sus filas y comenzaron su
hula. Después bailaron 'My Yellow Ginger Lei'. Ese

tipo de canciones *hapa haole*, que combinaban la letra en inglés con la melodía hawaiana, siempre hacían que los turistas sonrieran. También eran populares entre los soldados que venían a los programas de la United Service Organization (USO). Los estudiantes de Tutu habían sido artistas de la USO por muchos años.

El grupo de Mary Lou, de niñas más grandes, bailaba canciones con letra y melodía hawaianas. Tal vez un día Nanea sería tan buena para bailar un solo, como el que Mary Lou estaba practicando. Nanea observaba los perfectos pasos de su hermana, pero a la mitad de la canción, Tutu quitó la aguja del disco.

—Noelani —comenzó llamando a Mary Lou por su segundo nombre hawaiano—, recuerda mantener los dedos suaves y la espalda derecha —Tutu había bailado desde que era pequeña, así que para ella era fácil demostrar lo que decía.

Mientras ponía la aguja de vuelta en el disco, Tutu le habló a todas las bailarinas.

—No deben avergonzarse si se equivocan. Sólo deben avergonzarse si no aprenden del error.

Las correcciones de Tutu nunca sonaban como regaño. Era una *kumu hula*, una instructora principal que llevaba muchos años enseñando, como su madre, que enseñado varios años antes que ella.

Nanea mantuvo la frente en alto, honrada de llevar la tradición del hula que había sido parte de su familia por generaciones.

❀

Después de clase, Nanea, Mary Lou y Tutu se sentaron en el pórtico de enfrente, mientras disfrutaban el pan de guayaba. No pasó mucho tiempo antes de que David llegara para llevar a Tutu y a Mary Lou al mercado Pono. Mary Lou levantó su *'eke hula*.

—Nos vemos al rato, hermanita —dijo.

Tutu se sacudió las migajas de su *mu'umu'u* y le dio a Nanea un beso de despedida.

—*Aloha*, *keiki* —dijo—. Estuviste muy bien en clase.

Nanea miró a Mary Lou subirse al asiento trasero mientras David abría la puerta del copiloto para Tutu. David se fue, y Nanea dio la vuelta para caminar a casa.

¡Si tan sólo pudiera acompañarlos! Ordenaría todos los dulces de un centavo, mientras Tutu Kane hablaba con los clientes. Limpiaría los coloridos exhibidores y sacudiría los estantes. Alisaría los rollos de tela sin que se lo pidieran. Y abriría las puertas para las abuelitas

del vecindario, las mujeres de mayor edad que había
conocido en su vida.

—Mary Lou vería que ya no soy una bebé —le dijo
Nanea a Mele mientras caminaban a casa—, si tan sólo
pudiera ayudar.

Mele movió la cola como si asintiera.

Al llegar a casa, un sándwich de crema de cacahuate
estaba esperando a Nanea. Eso no la sorprendió, pero sí
el hecho de que Mamá le pidiera ayuda con la ropa de
planchar.

¡Por fin un trabajo de adulto!

Pero Mamá no había dicho nada sobre usar la
plancha caliente. Nanea sólo debería rociar las prendas
almidonadas con agua, y enrollarlas para que Mamá
pudiera quitar las arrugas. Otro trabajo de bebé.

Nanea estaba rociando la última de las playeras
de Papá, cuando alguien tocó a la puerta. *¡Auuuuu!*
¡Auuuuu! Mele cantó su bienvenida. Su nombre significaba 'canción'.

—¡*Komo mai*, bienvenido! —Nanea le dijo a los otros
dos gatitos—. ¿O debería decir, *Komo miau*?

Lily Suda hizo una pequeña reverencia. Nanea y
Lily eran amigas desde siempre. Los Mitchell y los

Suda eran como familia. Nanea llamaba a los padres de 'Lily tío Fudge y tía Betty', y Lily le decía a los padres de Nanea 'tío Richard y tía May'. Las familias vivían en la misma calle, compartían comidas y celebraban las fiestas juntos. Nanea y Lily habían ido muchas veces con el tío Fudge en su sampán, un barco de pesca japonés, para ayudarlo a atrapar 'ahi y otros pescados para la venta. La tía Betty enseñó a las niñas a hacer grullas, lagartijas y peces koi de origami.

Esa era una de las mejores cosas de vivir en Hawái. Las islas eran como un rompecabezas donde las personas de diferentes formas y colores encajaban. Había gente de Japón, como la tía Betty y el tío Fudge; de Portugal, como su cartero el Sr. Cruz; y de China, como la Sra. Lin, que tenía una pequeña tienda donde vendía frutos secos. Y por supuesto había haoles, como Papá y la familia de Donna, provenientes del resto del país.

Detrás de Lily, Donna masticaba goma de mascar. La familia de Donna había llegado de San Francisco tres años atrás, para que su padre pudiera trabajar en el astillero de Pearl Harbor, como Papá. Donna se acercó a Nanea y a Lily cuando estaban en primer grado y dijo: «¡Hola! ¿Cómo se llaman? » Después de clases, Donna les dio un trozo de goma de mascar a cada una y ese fue el comienzo de 'los tres gatitos'.

Cuando su familia llegó a Honolulu, Donna estaba reacia a probar nueva comida. Pero pronto aprendió a disfrutar el *mochi*, un arroz dulce que preparaba la tía Betty; también las malasadas, que son donas portuguesas; y especialmente, el pan de guayaba de Mamá.

Donna había dejado de masticar goma de mascar.

—¿Huelo a pan de guayaba? —preguntó.

Mamá se rio.

—Horneé dos, por si aparecían unos gatitos hambrientos —dijo cortando tres rebanadas gruesas mientras Donna tiraba su goma de mascar.

Las niñas se llevaron el pan al pórtico, para no despertar a Papá. Mele levantaba nubes de polvo rojo mientras caminaba de un lado al otro esperando que le dieran un poco de pan.

—¿Cómo estuvo la clase de hula? —preguntó Lily. No podía tomar clases los sábados por la mañana con Tutu porque tenía clases de japonés, pero a Lily le gustaban las clases de baile tanto como a Nanea. Donna también había intentado tomar clases de hula, pero decidió que no era buena bailarina.

—Estuvo divertido —contestó Nanea—. Tutu comenzó a enseñarnos un nuevo baile para presentarlo en el show de Navidad de la USO el próximo mes. Después Nanea miró a Donna.

—¿Qué tienes ahí?

—Mira —Donna levantó su brazo dejando caer un periódico.

Nanea lo atrapó en el aire.

—¿Esto no es de tu papá?

Nanea nunca había conocido a alguien tan interesado en las noticias. El Sr. Hill siempre le hablaba a Papá de la guerra en Europa.

Donna le dio otra mordida al pan.

—Dijo que había visto algo que nos puede interesar.

—¿Qué vio? —preguntó Lily.

—Dijo que lo encontraríamos —respondió Donna.

Nanea abrió el periódico echando un vistazo a los encabezados sobre las batallas en Alemania y Rusia.

—Parece como si todos estuvieran en guerra, menos Estados Unidos —dijo Lily.

—Sáltate esas historias de guerra —dijo Donna—. No tienen nada que ver con nosotros aquí en Oahu.

Nanea señaló un titular.

—¡Un concurso! —exclamó.

—El concurso de manos amigas de Honolulu —leyó Lily—. Suena ingenioso.

—Tal vez a eso se refería Papá.

—El premio mayor es una bicicleta Schwinn nueva —añadió Nanea.

—Eso es muy interesante —Donna silbó sorprendida.

—¿Cuáles son los requisitos? —preguntó Lily.

—Para ganar la bici, tenemos que hacer estas cuatro cosas antes de diciembre —dijo Nanea señalando la lista.

—Para participar, querrás decir —dijo Lily.

Donna contó con los dedos.

—Nos queda un mes y medio. Tenemos dos semanas para hacer cada una de las cosas.

Lily se inclinó sobre el hombro de Nanea.

—La primera es fácil: hacer una cosa buena por un extraño. Pero miren la segunda: demostrar agradecimiento por tu familia. Hizo una mueca— Eso significa que tengo que hacer algo bueno por Tommy —Nanea sabía que el hermano menor de Lily era muy travieso.

—¿Cómo marca un niño la diferencia en una comunidad? —preguntó Donna leyendo el tercer requisito.

—¿Y qué me dicen del último? Convertir un problema

en fortaleza —leyó Lily—. ¿Qué significa eso?

—Tal vez sea ver el lado positivo de algo —dijo Nanea. Uno de sus problemas era que su familia la trataba como una bebé. ¿Qué era lo positivo de eso?

Donna negó con la cabeza.

—Esto parece muy difícil.

—Es cierto —dijo Lily—. Y aunque hagas todo, puede que no ganes la bicicleta.

Nanea se imaginó muy adulta en una nueva y reluciente bicicleta. "¡Un momento!" Nanea pensó y dio un salto. Si cumplía con todas las pruebas del concurso y ganaba la bicicleta, seguramente le demostraría a todos que no era una bebé!

—Ahora regreso —Nanea entró corriendo y regresó con un trozo de papel y un lápiz.

—¿Qué haces? —preguntó Lily.

—Copiando las bases —Nanea sonrió— Voy a entrar al concurso. ¡Y voy a ganar!

KOKUA

iss Smith se acomodó en su silla.

—La Reina Liliuokalani fue la última reina de Hawái, y la obligaron a renunciar.

Nanea había escuchado esa historia muchas veces, pero su maestra la estaba contando de tal forma, que quería seguir oyendo.

—¿Cuándo sucedió esto? —preguntó Miss Smith.

Por todo el salón se levantaron muchas manos, incluyendo la de Nanea.

—¿Sí, Lily?

Lily se incorporó mientras recitaba.

—El 17 de enero de 1987.

Nanea sabía que en aquel entonces, los dueños de las plantaciones de azúcar habían decidido que serían mejores gobernantes que la reina, e hicieron un plan para tomar el poder. Pero a esos hombres no les importaba la gente de Hawái como a la familia real. Había pasado mucho, mucho tiempo desde que Hawái había sido gobernado por la realeza, pero Nanea se sentía orgullosa de que su escuela, Lunalilo, tuviera el nombre de uno de los reyes.

—La reina nunca dejó de querer estas islas —continuó Miss Smith—. Fue una gran compositora que escribió muchas canciones sobre su tierra y su gente para celebrar la historia y cultura de Hawái. Cuando murió en 1917, le dejó todo su dinero a Children's Trust para ayudar a los niños, especialmente a los huérfanos —Miss Smith miró el reloj del salón— Oh, cielos. Esto ha sido muy interesante y perdí la noción del tiempo. Nanea, ¿puedes pasar al frente y escribir la fecha de mañana en el pizarrón antes de que suene la campana?

Nanea pasó rápidamente, y con su mejor letra escribió '12 de noviembre de 1941'. Mientras miraba el pizarrón, pensó en lo mucho que le gustaba el tercer grado. Le encantaba el olor de las virutas de madera cuando usaba el sacapuntas rojo que estaba en la pared. Amaba el globo terráqueo, los mapas plegables y la forma en la que Miss Smith hacía que aprender fuera divertido, con concursos de matemáticas y lecturas en voz alta. "¡Tal vez algún día también seré maestra!" Pensó Nanea.

—¡Deja de soñar, despierta! —Donna tomó la mano de Nanea después de que la campana sonó— ¡No queremos llegar tarde!

—Después de que hagamos collares hawaianos, ¡vamos a ir al muelle para el Día del Barco! —dijo Lily.

Los gatitos fueron por sus zapatos al guardarropa. Corrieron a su vecindario y pasaron la casa de Nanea, hasta llegar a la cabaña de al lado.

Rose Momi era vecina de Nanea desde hacía tanto tiempo, que ya era parte de la *'ohana*. Nanea la llamaba tía Rose. También Lily y Donna.

La tía Rose estaba en el pórtico trasero, rodeada de cestas con flores de plumerias. Hacía hermosos collares hawaianos que vendía a los turistas en el muelle.

—*Aloha, keiki* —dijo la tía Rose mientras los tres gatitos entraban al patio.

Nanea había hecho muchos collares como parte de la clase de hula, pero Donna nunca los había hecho, entonces la tía Rose se había ofrecido a enseñarle. Lily y Nanea también querían participar.

La tía Rose les dio a cada una una canasta con flores, agujas e hilo para ganchillo.

—Soy muy torpe para coser —confesó Donna enredada en su hilo.

Nanea ayudó a Donna a desenredar el hilo y a enhebrar la aguja.

—Ahora sumerge esto en vaselina —sugirió—. Eso hace que las flores no se deshojen.

Donna sumergió la aguja y luego pinchó un pétalo.

—Desliza la aguja por el centro de la flor —le dijo la tía Rose.

Mientras todas trabajaban, la tía Rose les contó cómo había sido crecer en Oahu y cómo su *tutu* le había ensañado a hacer collares.

—Una de mis cosas favoritas de Hawái es que la gente se toma el tiempo de hablar —dijo Donna.

—Todos crecimos contando historias —dijo Nanea.

Lily asintió.

—Nuestros ancestros no escribían sus historias. Las contaban —explicó la tía Rose— Contar historias mantiene vivo nuestro pasado. Y tomarnos el tiempo de contar historias nos ayuda a conocernos realmente. Nos ayuda a querer a nuestros amigos y vecinos.

—Eso me gusta. Cuando tenga tu edad, tía Rose, les voy a contar a mis hijos y nietos cómo fue vivir en

Honolulu —dijo Donna. Luego levantó un collar mal hecho— Pero omitiré esta parte. ¡Soy muy mala en esto!

La tía Rose se rio y arregló un poco el collar de Donna.

—¿Mejor? —preguntó.

Donna reventó feliz su bomba de goma de mascar.

—¡Mejor! —dijo.

Cuando los collares fueron lo suficientemente largos, las niñas les hicieron un nudo y cortaron las puntas. Modelaron sus creaciones y la tía Rose las felicitó diciéndoles 'nani, hermoso'.

—Hay mucho aloha, mucho amor, en estos collares —dijo.

Donna sonrió.

—Tal vez el aloha compensa los nudos.

—Es hora de que vaya al muelle y me prepare para trabajar —dijo la tía Rose.

—Nosotras también iremos —dijo Lily— ¡Mi papá nos va a llevar!

Las niñas le agradecieron a la tía Rose, y salieron corriendo a la casa de Lily. Pronto estuvieron saltando en la camioneta del tío Fudge. El aire fresco hacía que el cabello de Nanea volara. Mientras se acercaban al

muelle, vio la Torre Aloha, el famoso faro que daba la
bienvenida al puerto de Honolulu.

Luego el tío Fudge se estacionó y las niñas bajaron
de la camioneta. Nanea nunca había ido al Día del Barco
sin sus padres. Se sentía un poco adulta caminando con
sus amigas por las calles Bishop y Fort.

Mientras recorrían los dos tramos de escaleras
hacia el muelle, Nanea sonrió al ver la lluvia de papeles y confeti que volaban desde la cubierta del barco.
También vio a los niños de la isla buceando para sacar
las monedas que los turistas lanzaban, mientras tocaba
la Banda Real Hawaiana.

Había muchas flores; el aroma a plumerias, claveles
y jazmines se esparcía sobre la multitud como el jarabe
sobre un *frappé*. Nanea casi podía saborearlos. Flotando
en el aire, sobre los aromas, se escuchaban los gritos de
los vendedores de collares:

—¡Collares de claveles, cincuenta centavos; de
plumeria, tres por un dólar! —ofrecían a los cientos de
turistas que iban de la isla hacia San Francisco, en un
viaje que duraría de cinco días.

Los hombres con trajes oscuros compraban collares
para las mujeres que usaban vestidos estampados, o

para los niños que usaban pantalones cortos de popelina, o para las niñas que usaban faldas de algodón.
Algunas personas compraban collares para guardarlos como recuerdo. Pero según la tradición, si le ofrecías tu collar al océano y este regresaba a la orilla, algún día volverías a la isla. El puerto estaba lleno de flores flotantes, porque cualquiera que hubiera estado en Oahu, quería regresar.

—¡Ahí está la tía Rose! —exclamó Nanea mirando la larga fila de turistas que esperaban para comprarle un collar.

Una mujer con dos niños esperaba al final de la fila. La niña pequeña se aferraba a la falda de su madre. El niño tenía un sombrero de vaquero y giraba un lazo tratando de atrapar algo. Nanea se rio.

El Crucero Matson tocó su bocina, indicando que era tiempo de abordar.

—Lo siento, niños —dijo la mamá en un tono triste—. No tendremos tiempo de comprar los collares. Los tomó de la mano y caminaron hacia la rampa de desembarco. Los niños se veían muy decepcionados, especialmente la niña pequeña.

Nanea acarició el collar que llevaba en su cuello, y

tomó una decisión.

—¡Esperen! —gritó corriendo detrás de la familia.
Lily y Donna también corrieron.

La familia se detuvo y los gatitos la alcanzaron. La
niña pequeña sonrió tímidamente.

—Hola, vaqueras —dijo el niño.

Donna se rio.

—¡Hola!

Nanea se arrodilló frente a la niña pequeña.

—Esto es para ti —dijo poniéndole el collar.

Donna hizo lo mismo con el niño pequeño, y Lily le
ofreció su collar a la madre.

—Oh, ¡qué lindas! —la madre buscó en su cartera.

—No, no —dijo Nanea levantándose—. Son un
regalo.

La mujer sonrió amablemente, y se inclinó para que
Lily le pusiera el collar.

—Gracias —dijo—. *Mahalo.*

Mientras los gatitos los veían subir la rampa, la
banda comenzó a tocar 'Aloha 'Oe.' Una voz dulce se
alzó sobre los demás sonidos, cubriendo al público con
la letra, como si fuera la red de un pescador. ¡Era una
de las canciones que había escrito la Reina Liliuokalani!

Nanea sintió un pequeño escalofrío. ¡Se le puso la piel de gallina al escuchar la música!

La mujer y los niños se detuvieron en la borda para despedirse. Los gatitos también agitaron sus brazos en señal de despedida.

—Qué buena idea tuviste, Nanea —dijo Donna.

—Me dio tristeza ver sus caritas — respondió Nanea.

—Me acabo de dar cuenta de algo —dijo Lily—. La primera prueba del concurso era hacer una cosa buena por un extraño.

—*Kokua* —agregó Donna usando la palabra hawaiana para describir una buena acción.

Darle los collares a la familia había sido una *kokua*. Nanea no lo había hecho pensado en la prueba, pero funcionaba muy bien.

—Sólo faltan tres pruebas —dijo Nanea—. Y nos queda mucho tiempo.

🌺

Cuando Nanea llegó a su casa, se dejó caer en el pórtico y le contó a Mele todo lo que había pasado en el Día del Barco, especialmente, sobre la gran sonrisa de la pequeña niña.

La tía Rose llegó después, abanicándose con su

sombrero.

—Quisiera sentarme y contar una historia, pero el Sr. Santos viene a cenar ¡y tengo muchas cosas que hacer! —dijo entrando a su cabaña. Nanea podía escuchar los ruidos de las ollas y sartenes.

—La tía Rose me ayudó con una prueba del concurso —dijo Nanea recargando su cabeza en la de Mele—. Debería hacer una *kokua* para agradecerle, ¿cierto?

Mele no contestó, pero caminó de un lado a otro y olfateó la manguera que estaba enredada como una serpiente junto a la casa de la tía Rose.

—¡Buena idea, Mele!

Todas las tardes después de vender collares, la tía Rose rociaba agua en la tierra roja del jardín, para que no se levantara. Como estaba cocinando la cena para su invitado, Nanea podía ayudarle en el jardín. ¡Eso haría muy feliz a la tía Rose! Nanea corrió y abrió la llave. La cola de Mele golpeó la tierra roja.

Nanea puso su pulgar en la boca de la manguera para que el agua saliera como rocío. Movió su brazo hacia adelante y hacia atrás, por todo el patio. Cuando terminó, se veía justo como cuando lo hacía la tía Rose.

Nanea sonrió satisfecha. Tocaría la puerta de la tía

Rose, y después echaría a correr. La tía Rose nunca
sabría quién había hecho esa *kokua*. Tal vez pensaría
que fue un *menehune*, un duende de la isla.

Nanea caminó de puntitas, sintiendo la fresca y húmeda
tierra bajo sus pies descalzos, y subió los escalones con
Mele detrás. De la cabaña salía el delicioso aroma de la
cena. Luego estiró su brazo. *Toc, toc, toc.* Nanea dio un
salto desde el pórtico y salió corriendo a su casa, pero
Mele no corrió con ella. Se quedó olfateando la puerta de
la tía Rose. Cuando tía Rose abrió la puerta, ¡Mele entró
corriendo!

—¡Perra traviesa! —gritó tía Rose—. ¡Estás dejando
huellas de lodo sobre mi piso limpio!

Nanea se asomó detrás de una palmera y suspiró.
Vio sus huellas en el pórtico y una fila de huellas de
perro dentro de la cabaña. Dio la vuelta y fue corriendo
a su casa.

—¡Hola! —Papá la detuvo mientras iba corriendo
a su habitación. Estaba despeinado porque acababa
de levantarse para su turno nocturno en el astillero.
—¿Por qué vas tan rápido?

Nanea no quería admitir lo sucedido, pero al mirar
los ojos azules de Papá, le contó todo.

Papá estaba en silencio.

—¿Crees que con salir corriendo vas a resolver algo? —preguntó finalmente.

—No lo sé —susurró Nanea tomando su cabeza entre ambas manos.

—Oh, Nanea. Siempre tienes prisa por ayudar. Debes pensar antes de actuar —dijo Papá amablemente.

Nanea respiró profundo. Papá le decía eso con frecuencia.

—¿Cómo podrías arreglar esto? —preguntó Papá.

Nanea recordó las huellas en el piso de la tía Rose.

—¿Limpiando todo?

—Suena como una buena solución —dijo Papá.

—¿La tía Rose no estará enojada conmigo?

—Tal vez un poco. Pero estará más enojada si no te haces responsable de tus acciones. Y yo también lo estaré. Es normal equivocarse, pero debes aprender de tus errores —Papá sonaba como Tutu— Un piso limpio podría ayudar a arreglar las cosas —rodeó a Nanea con sus brazos y la abrazó dos veces.

Nanea le devolvió el abrazo, y después fue a buscar el trapeador.

Día del pavo

n la mañana del día de Acción de Gracias, Nanea fue a casa de Lily. Se quitó los zapatos en el pórtico y los puso en el montón que estaba en la puerta de los Suda. Era una costumbre japonesa que con el tiempo se volvió costumbre en la isla. ¡Nadie usaba zapatos dentro de casa!

Donna también estaba ahí. Las niñas practicaron el hula que planeaban presentar frente a sus familias. Nanea lo había inventado con la ayuda de Mary Lou, y se lo había enseñado a sus amigas. Mejor dicho, había tratado de enseñarles. Nanea estaba empezando a entender por qué era un honor ser *kumu hula*.

—Dos pasos adelante, después dos pasos atrás. Así. —explicó de nuevo Nanea.

—Nunca podré hacerlo bien — dijo Donna tumbándose en la cama de Lily—. Soy mejor como público que como bailarina.

—¡Vamos! —dijo Lily—. Le estamos ayudando a Nanea a mostrarle agradecimiento a su familia. Para el concurso, ¿recuerdas?

Donna se quejó.

—¿Qué les parece si hago todo el baile y les cuento la historia mientras bailo? Cuando entiendan la historia, será más fácil hacer el baile.

—Lo intentaré —dijo Donna.

Nanea puso la aguja en el disco nuevamente. La música llenó la habitación, y comenzó a explicar.

—Se trata de nuestras familias haciendo sus tareas diarias.

Abrió sus manos juntando las muñecas para hacer una V, creando el símbolo para 'libro', que representaba la escuela. Para representar a Papá y sl Sr. Hill, hizo mímica como si pusiera una careta para soldar. Para el tío Fudge, atrapó un pescado, y para las madres hizo como si estuviera cocinando mientras bailaba. Hasta incluyó a Mele moviendo la cola.

—Al final todos se reúnen en una gran mesa —dijo Nanea abriendo los brazos. Después recogió los brazos hasta su pecho—. Estamos todos juntos.

—¡Eso fue hermoso! —dijo Lily.

Nanea volteó a ver a Donna.

—¿No puedo ser sólo una palmera? —Donna suplicó.

Mientras bailaban de nuevo, Nanea miró el reloj en la mesita de noche de Lily.

—Debo irme. Le prometí a Mamá que a ayudaría. ¡Nos vemos al rato, gatitos!

Mientras corría por la calle, Nanea escuchó los aviones de la base Aérea Hickam que sobrevolaban. Puso su mano como una visera sobre sus ojos para ver un B-17Ds. Papá decía que les llamaban Fortalezas Aéreas porque eran enormes. Nanea saludó por si alguno de los pilotos la veía.

Con la suave brisa flotaban deliciosos aromas; la dulzura de los jardines de flores y árboles frutales, y el olor ahumado de las fogatas *imu* del vecindario. Se le hizo agua la boca al pensar en el cerdo *kalua* que se estaba cocinando en el hoyo que Papá cavó en el patio trasero.

—¡Ya llegué! —dijo Nanea.

Encontró a su hermana, su madre y su abuela en la cocina. Tutu estaba moliendo el *taro* con un viejo mortero de piedra. Le hizo un gesto a Nanea para que se acercara y pudieran saludarse de la forma tradicional;

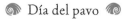

poniendo las frentes y narices juntas y respirando profundamente. Esta era la parte *ha* del *aloha*, la respiración. La otra parte, *alo*, significa compartir, estar cerca. Tutu le había enseñado que esto significaba respirar la esencia del otro.

Nanea puso la mejilla para recibir el beso que seguía. Después, rodeando el plato vacío de Mele, tomó una probadita del dulce *poi* morado.

—¡Muy *'ono*! —dijo Nanea estirándose para tomar otra probadita, y Tutu en forma juguetona alejó su mano.

—Arruinarás tu cena —dijo Tutu sonriendo.

—Sólo una probadita más ¿sí?

Tutu se rio.

—Nunca te puedo decir que no.

—Nadie puede —dijo Mary Lou revolviendo la mayonesa en la ensalada de macarrones—. Eso pasa cuando eres la bebé.

El buen humor de Nanea se desinfló como un globo. Miró a Mary Lou con con cara de enojo.

—¿Me ayudas a arreglas las flores de la mesa, Nanea? —Mamá le entregó una piña vacía—. David talló esta piña para hacer un florero.

Nanea tomó la piña y salió dando pisotones.

"Esperen a que gane ese concurso", pensó arrancando flores de hibisco del arbusto más cercano. "Mary Lou dejará de decirme 'bebé' de una vez por todas". Nanea miró al piso, y vio a sus pies las flores arrugadas. Las palabras de Papá resonaron en su mente: «¡Piensa antes de actuar!» Nanea respiró profundo e intentó calmarse.

Juntó las flores que no estaban dañadas, y luego cortó un poco de jengibre y una rama de una palmera de cocos. Con la uña de su pulgar separó del nervio las partes con muchas hojas, y mezcló los delicados nervios con el resto de las flores.

—¡Qué lindura! —dijo Tutu Kane desde una mecedora de mimbre que estaba en el *lanai* —. ¡Las flores también están muy lindas! —agregó guiñando el ojo.

Nanea se rio. Su abuelo bromeaba igual que Papá.

—Estos viejos huesos necesitan un descanso— dijo Tutu Kane.

—¡Tus huesos no son viejos!

—Sí lo son, pero aquí adentro —dijo Tutu Kane señalando su pecho— todavía soy joven como tú.

Nanea puso el florero de piña en una mesa y se sentó en el pórtico junto a su abuelo.

—Cuéntame de cuando caminabas cerca de los ríos

de lava cuando tenías mi edad —le pidió Nanea. Ella amaba las historias de Tutu Kane.

—Después de cavar todo el día, mis amigos y yo volvíamos a casa con los bolsillos llenos de diamantes hawaianos.

—Que en realidad eran micas —interrumpió Nanea.

—Sí, micas. Pero brillantes como diamantes.

—¿Qué más hacías? —Nanea preguntó.

—Mis padres conducían por un trayecto de tierra de dos carriles que llevaba a 'Ewa, y se detenían en el camino para que pudiéramos llenar sacos con tomatitos y bayas que crecían en esa ruta.

Nanea frunció la boca cuando Tutu Kane mencionó las bayas; sabía que las que él había recogido ¡estaban muy ácidas!

—Y había muchos pájaros — continuó Tutu Kane ahuecando su mano detrás de la oreja—. No necesitábamos la radio. No cuando teníamos la orquesta de la naturaleza tocando para nosotros. Ahora hay mucho ruido. Carros, aviones, gente... —suspiró y se levantó de la silla—. Voy a llevar las flores adentro.

Nanea inclinó su cabeza hacia atrás y escuchó la sinfonía de las aves, agradecida de que Tutu Kane viviera

tan cerca para que le enseñara esas cosas. No podía ima-
ginarse viviendo lejos de su familia, como Papá.

Papá salió de la casa. Recogió un manojo de hojas
de *ti*, y caminó hasta el *imu* que estaba en el patio.

—¿Extrañas Oregón, Papá? — preguntó Nanea.

—Ustedes me mantienen muy feliz como para
sentir nostalgia —puso las hojas en el fuego, y miró a
Nanea—. Pero desearía que tus abuelos pudieran ver
la hermosa niña en la que te has convertido —luego se
sacudió las manos—. Es hora de preparar el juego de
croquet. ¡Fudge cree que va a ganarme esta vez!

Papá silbó contento mientras ponía los arcos con un
mazo de *croquet*. Nanea supuso que Papá debía sentirse
un poco triste por estar tan lejos de casa. Mientras lo
veía trabajar, se le ocurrió la magnífica idea de acercar
más a su familia de Oregón.

Entró corriendo hasta su habitación y sacó una caja
que estaba bajo su cama. Mele golpeaba con su pata la
pierna de Nanea, mientras ella sacaba todas las cosas
que iba a necesitar.

—Ahora no, niña —dijo Nanea, engrapando
algunas hojas para hacer un libro. Después tomó los
crayones.

Cada Día de Acción de Gracias, Papá contaba la historia de esa vez que su padre llevó a casa un pavo joven. Papá lo llamó Fido, porque llegaba corriendo como un perro cada vez que alguien silbaba. Gracias a los cuidados de Papá, para noviembre Fido estaba sano y regordete.

Nanea se rio mientras dibujaba la panza redonda de Fido. Mele trató de subir al regazo de Nanea, pero ella la ahuyentó. Nanea coloreó de anaranjado las delgadas patas de Fido. Después de poner muchas pecas en la cara de Papá, le dibujó una brillante cabellera roja.

Cuando Papá contaba que aunque era un niño de granja, no podía imaginar a Fido como cena. Dos días antes de Acción de Gracias, se llevó a Fido al bosque y lo escondió. El abuelo lo encontró más tarde esa misma noche. La abuela había estado muy preocupada.

En la última página del libro, Nanea dibujó a toda la familia de Papá; el abuelo, la abuela, el tío Frank y a Papá, sentados alrededor de una mesa llena de cosas para comer, pero sin pavo. Se rio de nuevo y agregó una quinta silla en la mesa. Luego dibujó a Fido sentado con ellos. Fido se convirtió en la mascota de Papá, y vivió hasta la increíble edad de 10 años.

'Fin' Escribió Nanea.

—¿Qué opinas, Mele?

Mele aulló.

—Creo que a Papá le va a gustar. Nanea salió para buscarlo.

—¿Qué es esto, pequeña? Preguntó Papá cuando Nanea le dio el libro. Después de que terminó de leerlo, Papá la cargó y le dio unas vueltas— ¡Mi historia es mucho mejor con tus dibujos!

—Pensé que te haría sentir cerca de tu hogar—dijo Nanea.

—Tú eres mi hogar, cariño —Papá la besó en la frente—. ¡Y qué agradecido estoy de tenerte!

🌺

Una hora después, llegaron Donna y sus padres. También la tía Rose, y después la familia de Lily.

—¿Listo para perder en croquet? —dijo el Tío Fudge.

Lily llevó el guisado de papa de la Tía Betty a la cocina, y lo puso junto a la ensalada de gelatina bailarina de la Sra. Hill, y los cuernitos hechos en casa de la tía Rose.

—¡Falta poco para cenar! —dijo Mamá mientras

cortaba el pavo y acomodaba las rebanadas en una bandeja.

—¿Hay tiempo para nuestro hula? —preguntó Nanea.

—Hay tiempo suficiente —dijo Tutu.

Los gatitos rápidamente se cambiaron. Donna había elegido un top azul con blanco y Lily uno rojo con blanco. Nanea usaría uno amarillo con blanco, y todas usarían las faldas de hojas de *ti* que Nanea había hecho.

David y Tutu Kane rasgaron sus ukuleles mientras todos se reunían en el patio trasero. Cuando Nanea dio la señal, David y Tutu tocaron las primeras notas de '*Lei E*: Wear This Lei'.

Nanea dio dos vueltas de cadera. Donna y Lily trataron de seguirla, pero olvidaron unirse.

—¡Bailen! —las animó.

—¿Qué sigue? —Lily susurró.

—Recojan las manos —Nanea susurró y seis manos de gatito se abrieron y después se juntaron hacia el pecho. Nanea estaba a punto de hacer la pose final cuando ... *¡CRASH!*

La música se detuvo. Mamá corrió adentro y todos la siguieron.

—¡Ay, no! —gritó Mamá.

El pavo estaba tirado en el piso de la cocina, y Mele se lo estaba comiendo . Nanea respiró agitada.

—Logró tirar la bandeja de la barra —dijo tía Rose. Mamá ahuyentó a Mele.

—Está arruinado.

—Mele normalmente es muy educada —dijo Tutu. Mamá levantó la bandeja y miró a Nanea.

—Le diste de comer esta mañana, ¿verdad?

Nanea había estado tan ocupada practicando su hula, haciendo el arreglo de flores y el proyecto para Papá, que había olvidado por completo ese importante trabajo. Eso era lo que Mele le estaba tratando de decir mientras ella trabajaba en el libro para Papá.

—¡Tenía hambre! —Nanea se tomó la cabeza.

—Creo que seguiremos con la tradición de la familia Mitchell de no comer pavo en Acción de Gracias —dijo Papá. Luego le enseñó al tío Fudge el libro que le había hecho Nanea— Ya les conté esta historia, ¿verdad?

—¡Sólo cincuenta veces! —dijo el tío Fudge.

—Casi cien —se rio la tía Rose.

—Gracias a Dios hay cerdo *kalua* —dijo David.

—Y ensaladas —dijo Mary Lou.

—Y postres —agregó Donna.

—Vamos, gatitos —dijo la Sra. Hill—. Hay que poner la mesa.

Mamá estaba sonriendo, pero el castigo para Nanea fue firme.

—Creo que eso significa que te encargarás de limpiar la cocina.

—Lo siento —dijo Nanea. Había dejado a Mele sin comer y eso causó un gran desastre.

—Ve a cambiarte —dijo Mamá amablemente—. Aún tenemos un festín.

Mientras Nanea regresaba a su habitación, Tutu le puso un hibisco detrás de la oreja.

—Eres una hermosa bailarina —le dijo—. Y una hermosa niña.

Nanea suspiró. No quería ser una niña. Quería ser adulta. Pero eso nunca sucedería si continuaba causando problemas.

Los otros dos gatitos no dejaron que Nanea limpiara sola. Después de la cena, las niñas lavaron, enjuagaron y secaron los trastes. David y Mary Lou estaban afuera jugando croquet con los hermanos de Lily, y los adultos estaban en la sala tomado café cuando Donna dijo:

—Tengo un chiste muy bueno. Toc, toc.

—¿Quién es? —preguntó Lily.

Pero antes de que Donna pudiera contestar, Nanea la detuvo. Los adultos estaban en silencio. Nanea se recargó en la puerta de la cocina para escuchar.

—Las negociaciones con los japoneses no van bien —dijo el Sr. Hill.

—¡Tienen que mejorar! —Mamá insistió—. Si no... —su voz se apagó.

—Sería una locura si los japoneses no quisieran cooperar —dijo Tutu Kane.

—Estoy preocupado —confesó el tío Fudge.

—Todo va a estar bien —lo calmó la tía Betty—. Japón no querrá entrar en guerra con Estados Unidos.

—Si las negociaciones van mal, no estoy seguro de que nos salvemos de una guerra —contestó el Sr. Hill.

—Los diplomáticos lo arreglarán —dijo Mamá con confianza—. Betty tiene razón. Lo último que quieren los japoneses es entrar en guerra con Estados Unidos.

—Estoy de acuerdo —añadió Tutu.

—Espero que tengan razón —dijo Papá—. Ahora, ¿quién me ayuda a tapar el hoyo de la barbacoa?

Los hombres se ofrecieron a ayudar a Papá. Mamá sirvió café para las mujeres.

Nanea volvió a la tarja, y talló muy fuerte la última olla sucia.

—¿Escucharon eso? —le preguntó a Lily y a Donna.

—¿Qué? ¿Lo de la guerra? Donna hizo una bomba con su goma de mascar. —No escuché nada de eso.

Pero Lily tenía curiosidad.

—¿Qué hay de eso? —preguntó.

Nanea talló por última vez la olla. Pensó en decirles que el tío Fudge estaba preocupado. Pero los adultos se preocupaban todo el tiempo por cosas que no sucedían. Mamá y Papá se preocupaban porque David obtuviera una multa cuando manejaba su vieja carcacha, pero no pasaba. Tutu Kane se preocupaba de que él y Tutu fueran demasiado viejos para manejar el mercado Pono, pero aún trabajaban allí todos los días.

Nanea desaguó la tarja.

—Nada —contestó, y repitió lo que había dicho la tía Betty—. Todo va a estar bien.

Un cielo lleno
de aviones

o importa el tiempo que lleve viviendo aquí, no me puedo acostumbrar a estar en la playa en diciembre —dijo Donna—. Se siente mucho calor para ser Navidad.

Nanea había escrito en la arena 'gatitos'. Después escribió la fecha; 6 de diciembre de 1941.

—El buque navideño Matson debe llegar esta semana —dijo—. Así ya se sentirá que estamos en las fiestas.

—¡No puedo esperar! —exclamó Lily dando una vuelta de la felicidad en la arena— Adoro el olor de los abetos.

Donna recogió la cámara Brownie que su abuela le había enviado como regalo adelantado de Navidad, y apuntó hacia lo que había escrito Nanea.

—Esta será una foto genial para mi álbum de gatitos.

Hasta ahora, todas las fotos que había tomado

Donna ese día, incluso las de las chanclas de David en la orilla del mar, eran 'geniales'.

—¿Sabes qué sería realmente genial? —dijo Nanea—. ¡Un raspado hawaiano!

—¡Buena idea! —Lily se frotó la pancita.

Nanea caminó por la playa hasta donde estaban Mary Lou y su amiga, Iris, viendo a los surfistas. David estaba en el mar. Nanea entrecerró los ojos para tratar de ver su tabla. Ahí estaba, montando las olas con facilidad, ¡como el famoso surfista , Duke Kahanamoku!

—¿Me puedes dar mi bolsa con monedas por favor? —Nanea estiró la mano.

Iris se estiró para tomar la bolsa de Mary Lou.

—¿Vas por un raspado hawaiano?

Nanea asintió.

—Suena 'ono —dijo Mary Lou—. Pero no tengo ganas de moverme.

—¡Ajá! —Nanea pateó un poco de arena hacia las piernas de su hermana—. ¿No querrás decir que no tienes ganas de dejar de ver a Al? —Mary Lou no había logrado ocultar que le gustaba el hermano mayor de Iris.

—¡Nanea! —Mary Lou se levantó de un salto y persiguió a su hermana.

Nanea se quitó de su camino.

Iris se rio.

—¡Parece que es hora de que alguien se de un chapuzón! —le dijo Mary Lou a Nanea riendo. Nanea zigzagueó en la arena unos pasos adelante de su hermana, corrió hacia donde estaba Lily y la tomó del brazo. —La base —dijo respirando con dificultad—. Estoy a salvo.

—Tontita —Mary Lou sacudió el cabello de Nanea—. Después de comprar el raspado, regresa directamente aquí ¿ok?

—¡Sí, señora! —Nanea hizo un saludo militar, y los gatitos se fueron saltando hasta el puesto de raspados.

—Yo quiero de limón, por favor —dijo Lily. Lily siempre pedía de limón. El señor de los raspados acomodó los pequeños cristales en un cono de papel, tomó la botella de jarabe amarillo y lo dejó caer sobre el hielo.

—De naranja, por favor —dijo Donna, eligiendo su sabor favorito.

Nanea ordenó de fresa, como siempre. Le dio al señor suficientes monedas para pagar los tres raspados y tomó el cono pintado de rosa. Pronto su lengua se vería como un poste de barbería color rojo. Esa era la mejor parte de pedir el de fresa.

Las niñas regresaron a su lugar en la playa, moviendo sus dedos a través de la arena para llegar a la capa de abajo que estaba un poco más fría.

—¿Cómo vas con el concurso? —preguntó Donna entre cada mordida que le daba a su raspado.

—Ya casi se acerca la fecha límite ¿no? —preguntó Lily mientras se sentaba sobre su toalla.

—Es el quince de diciembre. En nueve días. —Nanea chupó el jarabe de sus dedos—. Pero he estado ocupada haciendo tarea y practicando hula para la presentación de Navidad en USO, así que ha sido difícil encontrar tiempo para hacer lo del concurso.

—Faltan dos pruebas, ¿verdad? —preguntó Donna. Nanea se sentó también.

—Las dos más difíciles: hacer una diferencia en la comunidad y convertir un problema en fortaleza.

—Problema en fortaleza... —repitió Donna—. El día de Acción de Gracias fue un problema, ¿cierto?

—Sí que lo fue —aceptó Nanea. Dejó que el raspado le hiciera cosquillas por la garganta, pensando en el pavo arruinado.

—¿Y si conviertes eso en fortaleza? —preguntó Lily—.

¿Y si preparas una comida para tu familia para compensarlos por haber arruinado esa?

—¡Bien pensado! —Donna la alentó.

Lily estiró sus piernas y enterró los dedos en la arena.

—A Mamá le gusta el desayuno en la cama. Pero... ¿cómo podría llevarle el desayuno a todos? —Nanea suspiró. Se imaginó el jarabe para cupcakes y el cereal derramados sobre Mary Lou y David.

—¿Y si sólo haces el desayuno? —preguntó Donna. Lily asintió.

—Podrías hacer algo especial.

—Y decorar la mesa —añadió Donna.

—¡Qué gran idea, gatitos! —rápidamente, la sonrisa de Nanea desapareció—. Pero no me dejan usar la estufa sola.

—Tal vez puedes cambiar algo con la tía Rose por un plato de sus malasadas —sugirió Donna.

—Y puedes servir papaya y cereal, como lo hacen en el Royal Hawaiian —añadió Lily.

—¡Son las mejores! —exclamó Nanea—. Mañana me levantaré temprano y prepararé todo. También exprimiré un poco de jugo de limón sobre la papaya, como le gusta a Papá. Y limpiaré la cocina después.

—Tienes mucha práctica limpiando —Lily se burló.

—Es verdad —Nanea asintió.

❀

La tía Rose estuvo feliz de cambiar la canasta de plumerias que Nanea había recogido, por una tanda de malasadas. Nanea también le pidió a la tía Rose su reloj despertador, para no quedarse dormida. Cuando sonó a la mañana siguiente, lo apagó rápidamente para no despertar a Mary Lou, pero Nanea no tenía nada de qué preocuparse. Su hermana dormía como un tronco.

Nanea arregló la mesa, con la bandeja de ricas y esponjosas malasadas justo en el centro. Y para que se viera más elegante, puso una tarjeta en cada lugar.

Algo hacía falta. ¡Claro! Mamá siempre decoraba con flores en ocasiones especiales. Nanea se sentía muy responsable por haber recordado eso. ¡Este desayuno le demostraría a su familia que su "bebé" estaba creciendo!

Salió al patio trasero a cortar algunos hibiscos rojos y rosados. El aire de las primeras horas del día era fresco y puro. Nanea podía oler las delicadas flores de jengibre del jardín de la Sra. Lin. También se verían lindas en la mesa, y a la Sra. Lin no le molestaba compartir. Una tórtola cebrita se paró en la barda, arrullando hacia Nanea mientras ella cortaba un ramo de flores de jengibre. Nanea le arrulló también, y tuvieron una alegre conversación sobre la reluciente bici que iba a ganar en el concurso.

La pequeña tórtola se asustó por un estruendoso sonido y voló lejos. Nanea también se asustó. ¿Qué era ese ruido? Miró hacia arriba, y vio el cielo lleno de aviones en formación de vuelo. Nada nuevo. Aunque algo parecía diferente. ¿Por qué estaban volando tan bajo? Un avión voló hacia abajo, más abajo y Nanea pudo ver un redondo sol rojo en su cola. Cualquier niño de la isla sabía lo que significaba esa "albóndiga" roja: ¡Zeros japoneses! ¡Esos eran aviones de batalla!

Una explosión tras otra acabó con la tranquilidad de la mañana. A la distancia, hacia el Wheeler Airfield, gruesas columnas de aceite negro formaron moretones en el cielo. Nanea gritó.

David salió corriendo de la casa y entró a Nanea.

—¿Qué pasa? ¿Qué pasa? —Nanea preguntó. Sus dientes castañeaban.

David la llevó al sillón.

—No lo sé —contestó. Mamá la abrazó fuerte mientras describía lo que había visto.

Papá encendió el radio.

—*Son las 8:04 de la mañana, este es su locutor de la KGMB, interrumpiendo este programa para llamar a todo el personal del Ejército, la Armada y la Infantería de Marina.*

Mamá había envuelto a Nanea en una manta de *crochet*, pero ella todavía temblaba.

Todos se quedaron junto al radio los siguientes quince minutos, mientras el locutor llamaba nuevamente al personal militar para que se reportara. Los policías y bomberos también fueron llamados. Pero no había una explicación para lo que Nanea había visto.

—Será mejor que vaya al astillero —Papá se levantó de un salto y corrió al teléfono. Nanea escuchó que llamaba al Sr. Hill— ¿Escuchaste? —Papá gritó—. ¡Alístate en cinco minutos!

—Pero tú no eres militar —Mamá protestó.

—Estoy seguro de que también necesitan civiles —dijo Papá poniéndose su overol y sus botas. Unos minutos después, el motor de su sedán rugió.

Nanea miró el reloj. Eran las ocho y cuarenta y cinco. En este momento su familia debería estar en la mesa disfrutando el desayuno especial que había preparado. Sentía como si hubieran pasado horas desde que había cortado las flores. A pesar de estar envuelta en la manta, temblaba como si estuviera sentada en una hielera.

Solamente habían pasado cinco minutos desde que Papá se había ido, cuando otro locutor gritó en el micrófono.

—*Esto no es una maniobra. Esto es real. Los aviones enemigos han atacado.*

DE VERDAD

anea se metió entre los cojines del sillón, haciéndose lo más pequeña posible. ¡Aviones enemigos! Lo que había visto sí eran Zeros japoneses.

David corrió por el pasillo mientras Mary Lou caminaba lentamente hacia la sala frotándose los ojos.

—¿Qué pasa? —preguntó adormilada.

—Es un ataque —dijo Nanea rompiendo en llanto.

—¿Ataque? —Mary Lou miró a Mamá—. ¿De qué hablas?

Mamá se frotó la frente.

—Parece... que Nanea tiene razón.

Mary Lou la miró fijamente.

—No entiendo. ¿Cómo? ¿Quién?

—Hasta ahora todo lo que sabemos es que los aviones enemigos han atacado la isla— Mamá pasó saliva—. Aviones con soles nacientes.

—¿Los japoneses? —Mary Lou se cubrió con sus brazos—. Pero hablamos de eso en clase la semana pasada. Había negociaciones en Washington. Se supone que las cosas se iban a arreglar.

Las sirenas de los camiones sonaban a lo lejos. Nanea se acercó a Mamá.

—El hombre de la radio dijo que todo el personal militar tenía que reportarse a las estaciones —dijo Nanea, dejando caer las lágrimas—. Pero Papá también se fue, y el Sr. Hill.

Mary Lou se cubrió la cara con las manos.

—Sube el volumen del radio —dijo—. Tal vez informen algo.

Mamá se movió a la orilla del sillón para ajustar el volumen y las tres escucharon con atención. David corrió de regreso a la sala abrochándose su camisa de Boy Scout.

—Voy a reportarme a mi puesto en el VFW. Eso es lo que se supone que tenemos que hacer en una emergencia —dijo rozando la mejilla de Mamá con un beso—. No sé a qué hora regrese.

—Es mejor que uses tu bicicleta —dijo Mamá. Acaban de pedir a los civiles que alejen sus autos de las carreteras.

Después tomó a David del brazo— Cuídate, hijo.

—Lo haré.

David miró a Nanea.

—No te preocupes por mí —le dijo con una sonrisa de actor de Hollywood.

Después de que David se fue, Nanea saltó del sofá y corrió a la ventana. Apretó su nariz contra el vidrio y vio cómo su hermano se alejaba pedaleando hasta verse pequeñito como una semilla.

—¡Mamá, Mamá! —Mary Lou gritó girando la perilla del volumen de la radio. El locutor favorito de Mamá, Webley Edwards de KGMB, estaba hablando.

—*Atención. La isla de Oahu está siendo atacada por aviones enemigos. El centro del ataque es Pearl Harbor, pero los aviones también están atacando los aeródromos. Mantengan su radio encendido y díganle a sus vecinos que hagan lo mismo. Repito. Estamos siendo atacados por aviones enemigos.*

—¡David! —Nanea golpeó la ventana con su mano—. ¡Regresa! —pero ya se había ido.

—El ataque es en Pearl Harbor —Mary Lou cayó de rodillas frente al radio.

—¿Pearl Harbor? —Nanea tembló nerviosa al

darse cuenta— Ahí es a donde fue Papá.

Mamá quitó a Nanea de la ventana.

—Estará bien —dijo firmemente—. David también.

Nanea quería creer en esas palabras con todo su corazón.

Mamá se acercó al teléfono y comenzó a marcar.

—¡Madre! ¿Estás bien? —Mamá puso su mano en su mejilla mientras escuchaba—. Oh, eso es terrible.

Nanea quería saber qué era lo terrible.

—¿Pero tú y Papá están bien? —Mamá apretó la bocina tan fuerte que sus nudillos se pusieron blancos—. Gracias a Dios. Gracias a Dios.

Nanea tomó la mano que Mamá tenía libre, recargándose para respirar su reconfortante aroma a limón y café.

—Tienen que venir para acá —dijo Mamá—. Ahora. Richard se fue al astillero —escuchó, asintió, escuchó un poco más—. El mejor plan es quedarse. ¿Quién sabe a qué nos enfrentamos?

Mamá colgó el teléfono. Nanea estaba tan concentrada en la conversación de su madre que no estaba consciente de las sirenas que sonaban cada vez más alto. Temblaba recordando las gruesas columnas de humo oscuro en el cielo azul.

—El locutor acaba de decir que llenemos nuestras bañeras con agua —dijo Mary Lou—. También cubetas. En caso de que los japoneses corten el suministro de agua —se levantó del piso de un salto y corrió al baño.

Nanea se quedó parada frente a la radio, temía perder una palabra. El locutor estaba hablando con su suave voz, como si estuviera hablando del precio de las piñas o el azúcar.

—*Esta es una alerta para toda la gente en el territorio de Hawái, especialmente la isla de Oahu. En caso de un ataque aéreo, manténganse bajo techo. Repito. Si comienza un ataque aéreo, no salgan de casa. Manténganse bajo techo.*

Un golpe en la puerta principal hizo que Nanea saltara muy alto. Era la tía Rose.

—¿Todos están bien? —preguntó.

Mamá tomó su mano.

—Sí, ¿y tú?

—Hay agujeros de balas en las paredes de mi cocina —dijo la tía Rose con incredulidad—. Pero estoy bien.

El rostro de Mamá palideció. Nanea la miró fijamente. ¿Agujeros de balas? ¿Justo al lado? Tembló aun más fuerte.

La tía Rose se acercó.

—No te preocupes. Los aviones ya se fueron. —su voz era suave, pero Nanea podía darse cuenta de que estaba preocupada. La tía Rose apretó la manta más fuerte alrededor de Nanea antes de mirar a Mamá. —¿Cómo están tus padres? —preguntó.

Mamá se acercó para susurrarle a la tía Rose. Nanea la escuchó decir «Entraron por el techo del vecino».

Nanea se preguntaba qué había entrado. ¿Más balas?

La tía Rose negaba incrédula con la cabeza.

—¿Por qué hicieron esto?

—¿Por las bases militares que hay aquí? —Mamá especuló—. Todos los barcos y los aviones... Su voz se apagaba.

—¿No saben lo que eso significa? —la tía Rose se dejó caer en el sillón.

Nanea recordaba haber escuchado a los adultos hablar en Acción de Gracias. Sacudió su cabeza hacia Mamá. Mamá sólo apretó los labios y miró fijamente el radio.

—¿Puedo ir a ver a Lily? —Nanea preguntó caminando en dirección a la puerta principal. Lily odiaba las sirenas. Debía estar tan asustada.

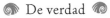

—¡NO! —gritó Mamá— Es decir —dijo moderando
su tono de voz—, nadie sale.

"Pero la tía Rose salió y vino hasta aquí", pensó
Nanea, "y David y Papá salieron a ayudar. Y Tutu y
Tutu Kane están afuera en este momento conduciendo
hacia nuestra casa". No le dio voz a sus pensamientos.
No parecía correcto discutir con Mamá. No ahora.

Mamá besó la frente de Nanea.

—Voy a hacer un poco de café —dijo. Cuando fue
a la cocina, vio el desayuno sorpresa de Nanea—. ¿Tú
hiciste esto? Se ve hermoso, cariño. ¿Quieres un poco?

Pero Nanea sólo negó con la cabeza. No podía
comer cuando estaba enojada.

—La tina está llena —dijo Mary Lou.

Mamá sacó algunas cubetas del cuarto de escobas.

—Llena estas, por favor —dijo quitándose el cabello
de la cara—. Necesito juntar sábanas para cubrir las
ventanas. En la radio acaban de anunciar que habrá un
apagón esta noche —luego salió ajetreada sin explicar
qué era un apagón.

Nanea no sabía qué hacer. Regresó a la sala y se
sentó frente al radio esperando escuchar algunas buenas noticias. Pero no había. Mary Lou entró y se sentó

con ella mientras Mamá y la tía Rose hablaban en voz
baja en la cocina.

Pasaron casi dos horas antes de que Tutu Kane y
Tutu llegaran. Nanea y Mary Lou corrieron a la puerta
para ayudar a sus abuelos con las maletas.

—*Mahalo, keiki* —Tutu se movía lento, como una
tortuga marina—. Mi corazón está tan adolorido. Todo
el daño que le hicieron a nuestra hermosa isla...

—¿Por qué tardaron tanto? —Nanea preguntó. Sus
abuelos vivían tan cerca que Nanea podía llegar caminando, en quince minutos.

—Vinimos a paso de tortuga —Tutu Kane explicó—.
Los caminos están llenos de carros y de gente.

Con voz baja Tutu añadió:

—Pasamos un sedán que estaba lleno de agujeros
de balas.

Nanea tembló.

—La casa de los Reyes en la calle Hauoli perdió el
techo — dijo Tutu Kane, hablando de un buen cliente
del mercado Pono.

—¿Qué pasó con su tienda? —tía Rose preguntó.

—Llamamos al Sr. López —contestó Tutu Kane—.
Su panadería está al lado de Pono y él pudo revisar

nuestras tiendas. Ambas están bien.

—¡Qué alivio! —murmuró Mamá.

—Y dijo que iba a vigilar las cosas hasta que podamos ir —Tutu Kane hizo una pausa—. Quién sabe cuándo será eso.

—El mercado está bien, pero otros no tuvieron tanta suerte —Tutu dejó escapar un suspiro tan grande que Nanea prácticamente pudo sentirlo desde donde estaba parada—. Muchas tiendas en el vecindario McCully se consumieron por el fuego. Incluso hubo un incendio en la escuela.

—¿Cuál escuela? —preguntó Mary Lou.

Tutu Kane tristemente negó con la cabeza.

—Lunalilo —susurró.

Mamá abrazó a Nanea. Por un momento, Nanea no pudo respirar.

—¿Mi escuela se incendió?

Tutu acarició su cabello.

—No te preocupes.

Todos le decían eso. Pero, ¿cómo podía no preocuparse? Las piernas de Nanea perdieron fuerza. Tutu la atrapó y la puso en su amplio regazo.

—Shhh, shhh —Tutu la tranquilizó.

Nanea no podía soportar la idea de que su salón con el globo terráqueo y el sacapuntas rojo brillante y el mapa del mundo hubiera desaparecido. Comenzó a llorar otra vez.

—Estás a salvo aquí —susurró Tutu.

Su hogar siempre había sido el lugar más seguro del mundo, pero en unas pocas horas todo en la vida de Nanea se había puesto de cabeza. Apretó los ojos tratando de ver las cosas hermosas: palmeras, playas y grandes nubes blancas, pero las imágenes tenían un borde negro.

Nanea abrió los ojos. En lugar de las noticias, el sonido de la estática llenaba la habitación.

—¿Qué le pasó al radio? KGMB está fuera del aire, también KGU —movió la perilla para sintonizar las estaciones una y otra vez, pero no había nada.

Ningún sonido.

PERDIDA

CAPÍTULO 6

No había nada que hacer, más que esperar. Todos estaban sentados y atentos esperando alguna noticia. ¡Cualquier noticia! Pero el radio estaba en silencio. Todas las estaciones estaban fuera del aire. Afuera, Nanea podía escuchar los cláxones de los autos y las sirenas, pero de alguna forma, el silencio que había adentro era más aterrador.

—Cariño —le dijo Mamá a Nanea— ¿puedes subir las cosas de tus abuelos a tu habitación?

Nanea hizo lo que Mamá pidió, sabiendo que se perdería la plática de los adultos. Estaba segura de que en cuanto se alejara, empezarían los susurros. "¿Por qué Mary Lou se puede quedar a escuchar?", se preguntó.

Nanea estaba feliz de cederle su habitación a Tutu y a Tutu Kane. Que sus abuelos estuvieran en su casa la hacía sentir más segura y significaba que había

 61

dos personas menos de las cuales preocuparse. Alejó de su cabeza los pensamientos sobre Papá y David. Son fuertes, inteligentes y valientes. El segundo nombre de David era Kekoa, que significaba 'guerrero' en hawaiano. No va a pasarle nada, se dijo, tampoco a Papá. Pero una lágrima rodó por su mejilla.

Nanea bajó las maletas. Era bueno que no tuviera que ahuyentar a Mele de su almohada. Tutu pensaba que los perros tenían que estar afuera. Pero ¿dónde estaba Mele? Siempre estaba acostada en la almohada.

—¿Mele? —llamó Nanea—. ¿Te asustó el ruido de las sirenas? —Nanea miró debajo de su cama y en su armario. Revisó bajo la cama de Mamá y Papá, incluso en la habitación de David. Luego fue a la cocina. Trató de recordar en dónde había visto a Mele. ¿Había salido con ella a recoger flores? Nanea buscó en toda la casa, pero Mele no estaba. Empezó a sentir pánico. Corrió a la puerta principal y la abrió.

—¡Nanea! —gritó Mamá—. ¡No salgas!

Pero no fue la voz de Mamá lo que detuvo a Nanea, sino Lily. Estaba gritando en su patio.

—¡No! ¡Papi! ¡No!

Nanea nunca había escuchado a Lily tan asustada.

Dos hombres con trajes oscuros y sombreros fedora escoltaban al tío Fudge hacia un sedán negro estacionado en la banqueta. Se parecían a los mafiosos de una película de *gangsters* que los gatitos habían visto hacía unas semanas. Lily corrió hacia ellos suplicando.

—¡No se lo lleven!

Nanea comenzó a caminar en dirección a Lily, pero Mamá la detuvo.

Ignorando a Lily, los dos hombres metieron al tío Fudge en el asiento trasero y se fueron.

—Quédate aquí —le ordenó Mamá antes de salir corriendo al otro lado de la calle hasta la casa de los Suda. Nanea corrió detrás de ella. Tutu y la tía Rose corrieron también.

Lily lloraba en la banqueta. Nanea fue hasta ella y la tomó de la mano.

—Se llevaron a Papá —sollozó Lily.

Nanea no entendía lo que estaba sucediendo. Volteó al pórtico de enfrente y vio a la tía Betty enrollando una toalla de secar trastes, una y otra vez.

—Ni siquiera se quitaron los zapatos antes de entrar —dijo.

Mamá llevó a la tía Betty adentro de la casa y

Nanea llevó a Lily a la sala.

La tía Betty se secó las lágrimas con la toalla.

—No sé qué hacer, May —le dijo a Mamá.

Nanea tampoco estaba segura de qué hacer. Lily se sentó en la silla de su padre. Las lágrimas rodaban por su mejilla. Nanea le llevó un pañuelo y se hizo chiquita para poder sentarse junto a ella en la silla. Lily se sonó. Nanea no sabía qué decir.

—Debí detenerlos —dijo Tommy agitando sus pistolas de juguete— pero mamá no me dejó.

—Guarda esas pistolas, Tommy —dijo la tía Betty.

Tutu juntó algunos cubos de construcción y armó una torre.

—¿Quieres tirarla? —preguntó.

Tommy lo hizo. Después Tutu construyó otra torre. Pronto, Tommy se estaba riendo mientras tiraba los cubos en cuanto Tutu los apilaba.

El hermano mayor de Lily, Gene, miraba por la ventana.

—Eran del FBI.

—¿Qué querría el FBI con tu padre? —preguntó Mamá mirando a Gene y a la tía Betty— Debe ser un gran error —dijo.

—No es un error —gritó Gene—. Es porque se parece a los enemigos.

¿Qué había querido decir Gene?, se preguntó Nanea. ¿Cómo alguien podría pensar que una persona tan buena como el tío Fudge se parecía a los enemigos?

—Tranquilízate, por favor —dijo la tía Betty—. Esto es un error y lo vamos a arreglar.

La tía Rose salió de la cocina con una taza de té para la tía Betty. Había hecho sándwiches para los demás, pero nadie quiso comer.

—Conozco a un abogado que puede ayudar —dijo Mamá levantándose—. Voy a llamarlo ahora. La tía Betty y la tía Rose la siguieron hasta la cocina.

—Tengo miedo —susurró Lily—. ¿Y si tu mamá se equivoca? ¿Y si no podemos arreglar las cosas? ¿Qué le va a pasar a mi papá? ¿Y a nuestra familia?

—Yo también tengo miedo —confesó Nanea. Le dijo a Lily lo que había visto en el patio trasero esa mañana, susurrando para que Tommy no pudiera escuchar—. Todo es tan confuso —dijo—. Papá y David fueron a ayudar y ahora tu papá se ha ido, y... —la voz de Nanea se apagó.

—¿Qué? —preguntó Lily.

—No encuentro a Mele —respondió llorando.

Lily tomó su mano y apretó fuerte.

Mamá salió de la cocina.

—Vamos, Nanea, es mejor ir a casa —se dio la vuelta para abrazar a la tía Betty— Vengo más tarde.

La tía Betty asintió.

—Gracias.

Aunque la tía Rose vivía junto a la casa de Nanea, Tutu insistió en acompañarla a su casa.

—Cuidamos a nuestra *'ohana* —le explicó—. Sobre todo en estos momentos.

Mientras salían de la casa de tía Rose, Nanea se sentía como una pequeña canoa en el mar agitado. Sólo había algo que la ayudaba cuando se sentía así: Mele. Esa perrita *poi* siempre la hacía sentir mejor.

Quería ir a buscarla, pero Mamá le había dicho que no saliera.

—Va a regresar —dijo Mamá abrazándola.

—Cuando tenga la panza vacía, volverá —Tutu agregó mientras detenía la puerta para que Nanea entrara.

Nanea miró por la calle una última vez.

—Vuelve a casa, Mele —dijo triste antes de entrar.

❀

Más tarde, Mamá se paró en un banco frente a la ventana de la sala.

—Nanea, ¿puedes pasarme eso? —preguntó señalando una sábana verde oscuro que estaba en el sillón.

—¿Qué es un apagón? —preguntó Nanea mientras le pasaba la sábana a Mamá.

—Significa que no habrá luz en la noche. Ni en las tiendas, ni en las calles, ni en las casas. Mamá clavó una esquina de la sábana en el marco de la ventana y después la otra, cubriendo el vidrio por completo— Por eso tenemos que colgar tela oscura o papel oscuro.

—No lo entiendo —dijo Nanea—. ¿Qué tiene de bueno que todo esté oscuro?

Mary Lou le trajo a Mamá sábanas y toallas.

—Si los aviones enemigos regresan, no habrá luces que los ayuden a encontrar la isla —explicó Mary Lou.

—¿Van a regresar los aviones? —Nanea preguntó mirando a Mamá.

—Sólo es precaución —dijo Mamá rápidamente—. No hay que alarmarnos. No hay nada de qué preocuparse.

Mamá seguía diciendo eso, pero Nanea pensaba que había muchas cosas de qué preocuparse.

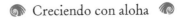

A las seis de la tarde, cuando Mamá apagó todas las luces, estaba tan oscuro dentro de la casa que Nanea no podía dar dos pasos sin chocar con algo.

—Si todas las ventanas están cubiertas, ¿por qué no podemos encender una lámpara? —preguntó Nanea.

—No podemos arriesgarnos —explicó Mamá en la oscuridad—. Habrá guardias por las calles, revisando que no haya ninguna luz encendida.

Nanea caminó hasta el sillón y se acurrucó. Ahora en lugar de estar envuelta en una manta, la envolvían el miedo y la angustia. ¿Regresarían los aviones? ¿Habría más bombardeos? ¿Papá estaba bien? ¿Y David? ¿Y el tío Fudge? ¿Dónde estaría Mele?

LA GUERRA

la mañana siguiente, un fuerte ruido despertó a Nanea. Se levantó rápidamente.

—¿Qué fue eso? ¿Volvieron los aviones?

—Es sólo el periódico —Mary Lou se incorporó en el otro extremo del sillón—. Sólo el periódico.

Nanea parpadeó confundida, no sabía por qué estaba en el sillón con Mary Lou. Después recordó. Tutu y Tutu Kane estaban durmiendo en su habitación. Nanea se inclinó en la orilla del sillón.

—Buenos días, perri... —de inmediato recordó otra cosa del día anterior. Mele no estaba.

—Tal vez ya regresó —dijo Mary Lou.

Nanea siguió a Mary Lou hasta la cocina. Tutu estaba frente a la estufa preparando huevos. Mamá estaba sirviendo arroz. Tutu Kane entró por la puerta cargando el bote de basura vacío y el periódico.

—¿Está Mele afuera? —preguntó Mary Lou.

Tutu Kane negó con la cabeza.

—¿Alguien la ha visto hoy? —Nanea sentía la garganta tan cerrada, que le dolía hablar.

Mamá puso el plato en la mesa.

—Cariño, desayuna. Te sentirás mejor.

Nanea negó con la cabeza.

—No me sentiré mejor hasta que Mele esté en casa.

—Y eso será pronto —le aseguró Mary Lou.

—¿Qué saben de Papá y de David? —Nanea preguntó mientras se sentaba en la mesa—. ¿Llamaron?

—Dudo que puedan llamar. Las líneas están ocupadas —dijo Mamá frotándose la frente—, pero estoy segura de que se reportarán en cuanto puedan.

—¡Hay jugo de piña! —Tutu le sirvió a Nanea un vaso—. Es tu favorito.

Nanea tomó un pequeño trago, pero no alivió su dolor de garganta. Estaba sentada, con las manos en la barbilla, preocupada.

Del otro lado de la mesa, Tutu Kane abrió el periódico. El encabezado de la primera página de la noticia principal del día decía: Estados Unidos le declara la guerra a Japón.

—¿Estamos en guerra? —preguntó Nanea, su corazón latía muy fuerte.

—Nos atacaron —dijo Mary Lou—. ¿Qué podíamos hacer?

Algunas palabras del artículo saltaron hacia Nanea. *Barcos hundidos. Marineros desaparecidos. Civiles muertos.* Cerró los ojos, incapaz de leer más.

Tutu Kane negó con la cabeza.

—Los generales japoneses debían saber que esta era la gota que derramaría el vaso.

Nanea sintió el estómago como cuando comía mucho mango verde. Se dobló, se sentía enferma.

Tutu Kane la vio. Dobló el periódico y lo puso a un lado.

—Esto es algo de lo que deben preocuparse los mayores —le acercó el plato a Nanea—. Cómete este delicioso desayuno.

Nanea apenas podía comer una cucharada de arroz. Tutu Kane estaba tratando de protegerla. Lo sabía. Pero no era algo de lo que sólo se tuvieran que preocupar los adultos. Los niños también. Mamá metió unos huevos duros en una cesta.

—¿Vamos a ir a un pícnic? —eso parecía algo

extraño para hacer un lunes por la mañana. —¿No vamos a ir a la escuela?

—Está cerrada —dijo Mary Lou— hasta nuevo aviso, según decía el letrero.

—¿Por el incendio? —Nanea estaba confundida.

—Por los ataques —Mary Lou explicó—. Todas las escuelas están cerradas.

A Nanea le dolió más el estómago. —¿Entonces vamos a ir a un pícnic porque no hay clases?

—No es para un pícnic —dijo Mamá—. Es para Fudge.

¿Está en su casa? —Nanea se sentó hacia adelante, deseosa de escuchar buenas noticias.

—No —Mamá se mordió los labrios— pero el abogado con el que hablé ayer descubrió que está en la oficina de inmigración. Voy a ir a verlo con Betty y los niños.

—Quiero ir —dijo Nanea—.

Mamá miró el plato de Nanea.

—Come un poco de tu desayuno y veremos.

Nanea sólo pudo comer dos bocados, su estómago estaba lleno de preocupación.

—¿A qué hora nos vamos? —preguntó.

—Como en una hora —contestó Mamá.

—¿Puedo salir a buscar a Mele? —preguntó Nanea.

—Sí —dijo Tutu Kane—, pero no te alejes mucho.

Por el gesto de Mamá, Nanea sabía que no estaba contenta de acuerdo con la respuesta de Tutu Kane. Mientras salía rápidamente de la cocina, Nanea escuchó que Tutu Kane le decía a Mamá: «sólo las orquídeas florecen en casa».

Nanea se vistió tan rápido como pudo y después salió corriendo. En el último escalón del pórtico, se detuvo y miró al cielo buscando aviones. Ni un solo avión, amigo o enemigo, a la vista. Respiró aliviada. El olor del humo superaba el de la dulce fragancia de las flores de jengibre y los árboles de mango de la Sra. Lin. Hasta lo pájaros estaban callados.

Tembló un poco volteando a ver su casa. "¿Debería quedarme en casa? Ahí estaré segura. ¡No! Tengo que encontrar a Mele". Reuniendo todo su valor, Nanea caminó hasta el final de la calle Fern, y después giró en McCully, gritando el nombre de Mele mientras avanzaba. Dio la vuelta a la izquierda en Lime, y caminó por Wiliwili. Era una cuadra grande. Gritó mucho. Estaba por dar la vuelta en McCully para regresar a casa, cuando la Sra. Lin le hizo una seña.

—¡Nanea! —La Sra. Lin la llamó moviendo su bastón —A ti es a quien quería ver.

—Hola, Sra. Lin. —Nanea normalmente disfrutaba hablar con su vecina, pero no era un día normal.

—¿Has sabido algo de Fudge? —La Sra. Lin golpeó su bastón en el piso— ¿Sabes que arrestaron a mi doctor? ¿Y al reverendo Osumi?

—No sabía.

A Nanea no se le había ocurrido que el tío Fudge no fuera el único al que el FBI hubiera arrestado.

—Y anoche el Sr. López me obligó a apagar la lámpara de mi cocina. ¡Sólo porque es guardia de ataques aéreos no significa que pueda ser tan autoritario!

—Mamá dice que los guardias se tienen que asegurar de que todo esté oscuro —explicó Nanea—. Es un trabajo importante.

—Es una lámpara pequeña —suspiró la Sra. Lin.

—Será mejor que me vaya —a Nanea se le acababa el tiempo para encontrar a Mele, pero la Sra. Lin seguía hablando.

—Algunos dicen que los trabajadores de las plantaciones de azúcar estuvieron cortando las plantas en

forma de flechas para guiar a los aviones de combate.
Volvió a golpear el piso con su bastón.

Nanea no sabía qué decir. No podía creer que
alguien en la isla ayudara al enemigo. ¿Quién ayudaría
a destruir su casa?

Antes de que Nanea pudiera contestar, Mamá gritó
desde el pórtico.

—¡Es hora de irnos!

—Ve, ve —la Sra. Lin le hizo una seña con la mano.

Nanea corrió al carro de los Suda, y se metió en el
asiento trasero con Lily.

—¿Qué es eso? —preguntó señalando un sobre.

Lily suspiró.

—Una carta para mi papá.

—¿No vas a hablar con él? —preguntó Nanea.

Lily le dio vuelta el sobre una y otra vez.

—Mamá no sabe si nos dejen verlo. Por si acaso.

—Tienen que dejarte verlo —dijo Nanea.

Lily apretó el sobre contra su pecho.

—¿Estabas buscando a Mele?

—Sí, pero no hay rastros de ella.

—No aún—dijo Lily—. Ya aparecerá.

Así era como Lily alentaba a Nanea en momentos

como estos.

—Perrita *poi* —murmuró Nanea. Miró por la ventana para que no pudieran ver sus lágrimas.

Nanea estaba sorprendida por la forma en la que su pueblo había cambiado en un solo día. Los vecindarios estaban manchados con edificios quemados, y había un auto volcado en la calle. Leer sobre los daños en el periódico era una cosa, verlo con sus propios ojos hizo que Nanea sintiera como si se hubiera caído de un columpio, y el golpe la hubiera dejado sin aire.

Gene manejó con cuidado a través del tráfico y los escombros. Un hombre cruzó frente a ellos empujando una carretilla llena de trozos de metal. Se detenía de vez en cuando para recoger algo.

Después de unas vueltas, Nanea vio la Torre Aloha. La última vez que había visto la torre fue el Día del Barco, cuando los gatitos le dieron los collares a esa familia. Ese día, parecía imposible que algo así sucediera. Gene se detuvo en la oficina de inmigración y apagó el motor. Todos se quedaron quietos por un momento. Después la tía Betty abrió la puerta del copiloto y todos se bajaron.

—¿Qué es esto? —preguntó un guardia cuando vio

la cesta de pícnic que Mamá llevaba.

Nanea retrocedió, pero Mamá contestó tranquila.

—Un almuerzo para mi hermano, Fumio Suda.

Para poder visitar al tío Fudge, ella y Nanea tenían que fingir que eran sus familiares.

—No se puede entrar comida. El guardia golpeó la pistola que estaba en su cinturón.

La voz de Mamá era firme.

—Creo que mi hermano estaría feliz de compartir el pastel de piña que hizo de mi madre —lentamente buscó en la cesta, y le ofreció al guardia una rebanada.

El guardia miró la cesta.

—Está bien —dijo tomando la rebanada—. Pero tengo que revisar la cesta. Se asomó y después les hizo una seña para que entraran.

Otro guardia los llevó por el pasillo y abrió la puerta de una pequeña habitación. Un hombre desaliñado estaba sentado en el piso, encorvado, dándole la espalda a la puerta.

—¡Papi! —dijo Lily.

El hombre la cargó y le dio unas vueltas. Nanea nunca había visto al tío Fudge con bigote. Siempre se rasuraba sin importar que se hubiera levantado muy temprano a pescar.

Tommy le dio al tío Fudge un dibujo.

—Para ti —dijo aferrándose a la pierna de su padre.

Mamá le dio al tío Fudge la canasta con comida.

—Gracias —dijo—, voy a compartir con los demás.

Les dijo que el abogado que había llamado Mamá ya había ido y venido.

—Gracias por enviarlo, May. Tengo la esperanza de que pueda ayudarme. Dice que es un error que me tengan aquí.

—Es porque somos japoneses —dijo Gene.

—El error es que mi nombre es similar al de alguien en la lista de vigilancia del FBI —dijo el tío Fudge tristemente—. Si salgo, ¿eso significa que otro hombre deberá tomar mi lugar?

—Nos preocuparemos de eso cuando suceda —dijo la tía Betty. Luego le dio un estuche para rasurar y un suéter— Te traje esto.

El tío Fudge hizo una reverencia.

—Gracias.

—Vamos —Mamá tomó la manga de Nanea— dejemos que tengan un tiempo en familia.

Mamá y Nanea esperaron en una pequeña

habitación en el pasillo, pero no por mucho tiempo. Lily estaba llorando mientras caminaba hacia ellas. Nanea corrió hacia ella y la abrazó.

—Apenas si pude hablar con mi papi —dijo Lily.

—Debemos estar agradecidos por el tiempo que tuvimos —dijo la tía Betty, tomado la mano de Tommy con firmeza.

Gene hizo un ruido de molestia, pero no dijo nada.

El guardia del pastel de piña asintió con la cabeza mientras se iban.

—Cuídense —se oyó como si lo dijera sinceramente.

De camino a casa, Nanea trató de no ver por la ventana. No necesitaba nada más que la hiciera sentirse triste. Pero cuando Gene dio vuelta en el Boulevard Kapiolani, vio Lunalilo.

—¡Nuestra escuela! —gritó.

Gene disminuyó la velocidad y todos vieron la escuela quemada con un enorme agujero en el techo.

Los ojos de Nanea se llenaron de lágrimas.

—¡La biblioteca debe estar destruida!

—Parece que todo está mojado —añadió Lily.

—Por las mangueras que apagaron el fuego —explicó Mamá.

Nanea recordó la vez que por accidente dejó caer un libro de la biblioteca en la tina del baño, fue un desastre. Tuvo que juntar dinero por varias semanas para poder reemplazar el libro. ¿Cómo iban a reponer toda la biblioteca?

Al parecer no era sólo la biblioteca. Su salón de clases, que estaba justo detrás, también debía estar dañado. El mágico salón de Miss Smith. Las imágenes de la dulce sonrisa de su maestra y de los pupitres alineados perfectamente y de las estrellas doradas en las hojas inundaron los pensamientos de Nanea. ¿Cómo podían haber desaparecido?

—Quiero irme a casa —dijo Lily.

Gene aceleró y se alejó.

Nanea también quería regresar. Pero su casa y la isla ya no eran lo mismo. Las piezas del rompecabezas estaban revueltas. ¿Podrían volver a acomodarlas?

PERDER Y RECUPERAR

anea estaba feliz de que sus abuelos estuvieran en casa con ella, pero no estaba tan contenta de compartir el sillón con su hermana. Mary Lou se movía todo el tiempo, siempre estaba pateando. A la mitad de la tercera noche, Nanea se deslizó del sillón fue hasta la habitación de David. Aún no había regresado a casa, por eso pensó que no le importaría si se quedaba a dormir allí.

Se estaba quedando dormida cuando escuchó unas lentas pisadas por el pasillo. La puerta se abrió.

—¿David?

Una voz familiar le respondió con un susurro.

—¿Nanea? ¿Qué haces aquí?

¡Era David!

—¡Volviste! —caminó hasta la puerta y se lanzó a sus brazos.

—Sí, monita.

Nanea no quería soltarlo. Aspiró fuertemente el aroma a Old Spice de David. Después tosió. No se había bañado en unos días.

—¿Dónde estabas? ¿Qué hacías? ¿Qué viste? —preguntó.

—Tranquila, monita —David se sentó en la cama—. Una pregunta a la vez.

—¿Por qué tardaste tanto? —preguntó Nanea impaciente.

—No me podía regresar —dijo—. Mucho menos cuando tanta gente lastimada contaba conmigo.

—¿Qué quieres decir?

—Pasé estos tres días entregando bolsas de sangre de la Cruz Roja, y llevándolas a las salas de operaciones —hizo una pausa—. Y yo que pensaba que era difícil hacer esprint en educación física —estuvo en silencio por un momento y después volvió a hablar— Había un hombre llamado Harold, que tenía el brazo roto, pero logró sacar a su compañero, Stan, de abajo de un avión en Hickam Field. Stan estaba muy mal. El doctor dijo que si no hubiera llegado con la sangre, podría haber muerto.

—¿Tuviste miedo? —preguntó Nanea.

—A veces —admitió David— Escuchar a Harold describir lo que vio en el aeródromo fue espantoso, pero estaba feliz de ayudar. Hasta pude conocer a Stan. Es de Ohio. Es un tipo muy agradable. Tiene una hermana pequeña y fastidiosa, como tú.

Nanea tembló. No había pensado en la gente que había estado en los ataques. Gente como Harold y Stan. Ellos tienen hermanos, hermanas, mamás y papás que estaban lejos y preocupados por ellos.

Se recargó en el hombro de David. Podía decirle fastidiosa todas las veces que quisiera. Estaba agradecida de que estuviera en casa.

—Hiciste mucho, Kekoa —le habían puesto el nombre perfecto. Realmente era un guerrero.

—Quisiera haber hecho más —David bostezó—. Me estoy apagando, Monita. Te veo en la mañana.

Se escuchó un ruido y Nanea se dio cuenta de que David se había quedado dormido. Buscó la sábana para taparlo. Él había estado cuidando a otros, y ella estaba contenta de poder cuidarlo ahora.

—Buenas noches —susurró. Se sintió tan ligera que podía volar. ¡David estaba en casa! Sano y salvo.

❋

Mamá había estado tarareando toda la mañana. Estaba muy contenta.

—¿Me ayudas a buscar a Mele? — Nanea le preguntó a su hermano. Había dormido mucho y estaba desayunando mientras ella almorzaba— Han pasado cuatro días y no hemos sabido nada de ella.

—Me encantaría, monita —dijo David— pero tengo que reportarme en el hospital.

—Pensé que te quedarías en casa por un rato —dijo.

—Aún hay muchas provisiones que entregar —dijo revolviendo el cabello de Nanea—. Y quiero ver cómo está Stan.

Nanea frunció el ceño. Quería que David estuviera en casa. ¿No había otra gente que pudiera trabajar en el hospital?

—¿Me puedes ayudar mañana?

—No me gusta hacer promesas que no puedo cumplir.

—Mientras terminaba su comida, hizo su sonrisa de estrella de cine—. Además sé que vas a encontrar a esa tontita perra *poi* en cualquier momento —le dio un beso a Mamá y se fue.

—Sé que es difícil despedirse de David cuando apenas acaba de regresar —dijo Mamá—, pero estoy orgullosa de él y de lo que está haciendo.

—Lo sé —Nanea suspiró—. Yo también.

Mamá se limpió las manos en el delantal.

—Aunque estoy agradecida de que sea muy joven para ser soldado—dijo con un suspiro.

Nanea estaba feliz de estar afuera. Desde el ataque, Mamá casi no la dejaba salir de casa y sólo podía salir a buscar a Mele si alguien iba con ella. Hoy, Lily y Donna la acompañarían.

En la casa de los Suda, Nanea acomodó la pila de zapatos en el pórtico, mientras esperaba a Lily. Cuando Lily salió, sostenía una pequeña pelota de hule.

—Sé lo mucho que a Mele le gustan. Tal vez si escucha el sonido de la pelota rebotando, venga corriendo.

Nanea pensó que era una buena idea. Ella y Lily caminaron a la casa de Donna que las estaba esperando.

—Tengo un buen presentimiento —dijo Donna dándole a cada una un pedazo de goma de mascar— Hoy es el día en el que vamos a encontrar a Mele. Miren, tengo un arma secreta— Donna sacó algo de su bolso—. ¡Tarán! ¡Un hueso!

Nanea sonrió ¿Qué haría sin sus amigas?

Buscó de un lado a otro sin encontrar señales de Mele. Ningún pelaje gris. Ningunos ojos brillantes. Ninguna cola moviéndose. Se sintió totalmente desanimada. Y no sólo por Mele. Su vecindario siempre había sido amistoso y alegre. Ahora las casas se veían tristes, con sus ventanas oscurecidas por tela o papel. ¡Algunas estaban pintadas de negro! Era como si el ataque se hubiera llevado todos los colores brillantes de la isla.

Después de acompañar a sus amigas a casa, Nanea deambuló por su patio trasero. Tutu y la Sra. Lin estaban recargadas en la cerca, hablando en voz baja.

—Escuché que los japoneses están planeando otro ataque la siguiente semana —decía la Sra. Lin.

Nanea se detuvo en seco. ¿De verdad harían eso?

—Es un rumor —dijo Tutu con firmeza, aplastando a un mosquito—. Es mejor no hacerles caso.

Cuando la Sra. Lin vio a Nanea, cambió de tema. Nanea entró recordándose a sí misma que Tutu era muy sabia. Si decía que no había que escuchar los rumores, Nanea iba a seguir ese consejo. Solo tenía que descubrir cómo diferenciar un rumor de la verdad.

Mary Lou estaba sentada en el sillón hablando en voz baja con Iris. Ambas tenían pañuelos arrugados en sus regazos y sus ojos estaban rojos porque habían estado llorando.

—¿Qué pasa? —el corazón de Nanea palpitó fuerte.

—¡Mi hermano Al se alistó! —Iris se frotó los ojos.

—¿Se unió al ejército? —preguntó Nanea.

Iris le dio vueltas al pañuelo en su mano

—Dice que es su deber.

Nanea estaba confundida.

—Pero los dos están en secundaria ¿no?

Mary Lou acercó sus piernas al pecho, moviendo sus dedos descalzos en el cojín del sillón.

—Tienen dieciocho. Eso es lo que importa.

—Estoy orgullosa de mi hermano —Iris sollozó— pero no quiero que lo lastimen.

Nanea se sintió igual sobre David.

—Vamos —Iris jaló los pies de Mary Lou. Vamos a mi casa. Podemos hornear galletas para Al y los chicos.

Después de que se fueron, Nanea buscó en la pila de periódicos que estaba en la mesita de café. Mientras empezaba a leer, Tutu entró y se le unió.

—Oh, Dios —Tutu señaló unas fotografías que mostraban la destrucción del puerto. Salían grasosas manchas serpenteantes del USS Arizona, del Oklahoma y del Utah, enormes acorazados que ya no estaban. Más de dos mil soldados y marineros habían muerto.

Nanea suspiró.

—¿Por qué nos atacaron?

—Los japoneses no nos atacaron precisamente a nosotros — explicó Tutu—. Están tratando de destruir los acorazados en el puerto y los aviones de combate en el aeródromo.

—Pero, ¿por qué? —Nanea estaba confundida.

—No quieren que Estados Unidos sea capaz de con-traatacar —dijo Tutu abrazando a Nanea—. Una guerra es algo terrible. Para ambas partes.

Nanea se sintió reconfortada por la calidez de Tutu. Antes de los bombardeos a Pearl Harbor, Nanea quería que su *'ohana* dejara de tratarla como un bebé. Ahora deseaba acurrucarse en el regazo de Tutu y escuchar una de las canciones de cuna que solía cantarle cuando era pequeña. Se sentaron en silencio por unos minutos.

—Espero que Papá regrese pronto —dijo Nanea.

—Tu papá está haciendo un trabajo muy importante —dijo Tutu—. Está reparando los barcos, preparando las flotas para que puedan navegar otra vez.

Nanea estaba orgullosa de Papá porque estaba ayudando, pero también tenía un trabajo importante en casa. Necesitaba escuchar una broma de Papá, o besar su rasposa mejilla.

—Así que es verdad... —Tutu acercó el periódico—. El gobernador Poindexter renunció el siete de diciembre. Estamos bajo ley marcial. Este es un gran cambio.

—¿Qué es ley marcial? —preguntó Nanea.

—Quiere decir que los militares están a cargo de todo. Del departamento de bomberos, de la policía. Incluso el puesto del gobernador se lo dan al ejército.

—¿Es malo? —preguntó Nanea dibujando con su dedo las flores en el *mu'umu'u* de Tutu.

Tutu se quedó en silencio por un momento.

—Bueno, lo que sucedió es algo serio. Creo que el Presidente Roosevelt está tratando de mantenernos a salvo. Tal vez eso sea más fácil si está a cargo el ejército. Pero significa que habrá nuevas reglas. Han cerrado muchos cines, también muchos parques.

—Todas las cosas divertidas —Nanea susurró.

No confiaba en que le fuera a gustar la ley marcial.
Además, si las nuevas personas que estaban a cargo
sentían que debían poner muchas reglas, no sabían
mucho de Hawái. Las personas se ayudaban entre ellas
sin que se lo pidieran. Hasta los niños pequeños se
llevaban bien siguiendo una simple regla: *aloha*.

Tutu estaba leyendo el periódico.

—También hay toque de queda —dijo.

—¿Qué es toque de queda?

—La hora en la que debes llegar a casa. No puedes
salir después de las nueve de la noche... o las ocho, si
eres japonés. Tutu golpeó el periódico— Esto no está
bien. El toque de queda debe ser igual para todos.

Parecía que de repente la apariencia de las personas era más importante que su interior. Arrestaron al
tío Fudge porque se parecía al enemigo, pero no es el
enemigo. Si el FBI de verdad lo conociera, eso nunca
hubiera pasado. ¿Por qué los japoneses de la isla debían
ser tratados de otra manera?

Nanea algo sobre las escuelas al final de la página.

—Cerradas, al menos, durante un mes —dijo en
voz alta. Todo ese tiempo sin ir a la escuela era otro
cambio que Nanea no había pedido— ¿Qué haré hasta

entonces? —preguntó.

—¿Y el concurso? —Tutu señaló un pequeño encabezado: El concurso de manos amigas de Honolulu se
extiende hasta el quince de enero. Ahora es sin duda el
momento de darnos una mano.

Nanea se había olvidado del concurso. La extensión
de la fecha de entrega debía ser una buena noticia. Pero
el corazón de Nanea estaba lleno de preocupación por
las personas que amaba, su escuela que se había incen-
diado y su hermosa isla. Esas cosas importaban más que
ganar una bicicleta.

Problemas de gatitos

la mañana siguiente, la casa estuvo en silencio durante el desayuno. Tutu y Tutu Kane fueron a revisar el mercado Pono. David regresó al hospital. Y Mary Lou fue a la secundaria, que había sido transformada en un centro de ayuda para las personas cuyas casas habían sufrido daños por el bombardeo. Ella y sus amigas estaban ayudando a servir comida en el centro. Nanea había terminado de lavar los trastes y estaba a punto de salir a buscar a Mele, cuando Mamá entró a la cocina poniéndose un sombrero.

Nanea se secó las manos con la toalla.

—¿A dónde vas? —quería que los pocos familiares que estaban en casa se quedaran ahí.

—El abuelo y la abuela tiene que estar preocupados —explicó Mamá—. Tenemos que enviarles un telegrama para decirles que estamos bien. —puso la correa de su bolso sobre su brazo—. Vamos, cariño.

"Pero no estamos bien", pensó Nanea.

—¿Qué hay de la búsqueda de Mele?

—Podemos ir después de que enviemos el telegrama, lo prometo— Mamá puso su mano en la mejilla
de Nanea—. No puedo dejarte sola en casa.

—Pero Mele... —comenzó a decir Nanea.

Mamá no la dejó terminar.

—¿Vas a usar zapatos o irás descalza? —preguntó.

—Zapatos —dijo Nanea con un suspiro y fue al
pórtico de enfrente por ellos.

❁

—Hemos estado en esta fila por años —Nanea se
quejó en la oficina de Western Union.

—Hay muchas personas que necesitan enviarle
mensajes a sus familiares —dijo Mamá ajustándose su
sombrero—. Tenemos que esperar.

Nanea trató de ser paciente. Primero se retó para
ver cuánto tiempo aguantaba parada en un pie.
Después trató de pensar en palabras con la letra 'M',
pero la primera palabra que apareció en su cabeza fue
'Mele'.

No podía estar quieta.

—Tengo calor.

Mamá suspiró.

—Hay una sombra bajo esa palmera, ve a sentarte un rato.

En la sombra hacía menos calor y también estaba menos aburrido. Había algunos *posters* pegados en el la palmera. Tenía que pararse de puntitas para leerlos. "¿Necesitas un auto barato?, llama a este número". "Se renta departamento". Uno pequeño decía "Se busca gato, tiene rayas blancas y negras. Se llama Rover".

Era un nombre gracioso para un gato, pensó Nanea. Normalmente Rover era nombre de perro. ¿Los gatos persiguen pelotas? ¿Comen huesos? ¿Ladran?

Todas esas cosas la hicieron pensar en Mele. Tal vez debía hacer algunos letreros. Si servían para encontrar a Rover, podrían servir para encontrar a Mele. Nanea estaba segura de que Lily y Donna le ayudarían. Y podrían colocarlos en la pastelería portuguesa de la Sra. Lin y en otros lugares del vecindario. Estaba ansiosa por comenzar a hacerlos. Corrió a la oficina de telégrafos para contarle su idea a Mamá.

Mamá por fin había llegado al mostrador.

—Ya casi termino —le dijo a Nanea mientras le entregaba el telégrafo al señor que estaba detrás del mostrador.

—Familia Mitchell, Beaverton, Oregón —leyó en voz alta— Muy bien —entrecerró los ojos contando las palabras— Rebasa el máximo de diez palabras, así que le costará más de setenta y dos centavos. Le dio el total a Mamá.

Ella buscó en su bolso un billete de un dólar y unas monedas para pagar.

—*Mahalo*.

—Estamos muy ocupados —dijo el señor mirando el calendario—. Esto llegará probablemente hasta mañana, doce de diciembre.

—Apreciamos lo mucho que están trabajando —le dijo Mamá. Nanea vio que el señor tenía unos círculos negros debajo de sus ojos.

—Estos últimos días, día y noche —dijo con una sonrisa cansada— *Aloha*.

Nanea apuró a Mamá y pasaron frente a la larga fila que salía de la oficina de Western Union. Después fueron a la parada del camión y luego a su casa. Nanea le explicó emocionada su proyecto para hacer carteles.

—Creo que es una buena idea, cariño —dijo
Mamá—. Bien pensado.

En casa, Nanea entró corriendo por la puerta principal y llamó a Donna por teléfono.

—Nos vemos en la casa de Lily. ¡Tenemos una
importante misión de gatitos! —después puso algunos
crayones es su mochila y corrió por la calle.

Donna y ella llegaron al mismo tiempo. La tía Betty
les abrió la puerta.

—Entren, niñas.

—Tengo una excelente idea para encontrar a Mele
—anunció Nanea, pero después dudó. Lily estaba
acurrucada en el sillón, sus ojos estaban hinchados y
rojos— ¿No es un buen momento? —preguntó.

Lily se limpió los ojos.

—No importa, quiero escuchar —dijo.

Nanea sacó de su mochila una hoja y crayones
mientras explicaba lo del cartel para su perrita perdida.

—¡Gran idea! —Donna se sentó en el piso, masti-
cando su goma de mascar, y empezó dibujar.

Lily se enderezó y tomó unos crayones.

—También ayudaré.

Nanea sonrió.

—Ustedes son amigas realmente leales.

Cada dibujo de Mele era diferente. En el dibujo de Donna las orejas estaba muy puntiagudas y Lily olvidó poner un poco de blanco al lomo de Mele, pero cualquiera podría distinguir que la de los dibujos era la perrita de Nanea.

—Oye, ¿dónde está tu radio? —le preguntó Donna a Lily mientras tomaba un descanso y agitaba su mano cansada de dibujar— Siempre está ahí cerca del sillón.

Lily hizo una pausa mientras tomaba el crayón gris.

—Se lo tuvimos que entregar a la policía.

—¿Por qué? —preguntó Donna.

—¿Es otra de las nuevas reglas? —suspiró Nanea.

Se preguntaba si su familia también tendría que entregar su radio.

—Sólo para nosotros —Lily bajó el crayón.

—No entiendo —dijo Donna sentándose en sus talones —¿Sólo para ustedes?

—Por ser japoneses —contestó Lily en voz baja.

—¡Pero son estadounidenses leales! —dijo Nanea— ¡Tu familia ha vivido aquí desde siempre!

—Creo que eso no importa —Lily hizo a un lado su dibujo—, también tuvimos que entregar nuestra cámara.

—Es una locura —Donna hizo una bomba con su goma de mascar y la reventó haciendo un sonido fuerte.

Una lágrima cayó en el dibujo de Lily.

—Anoche, cuando Gene salió de trabajar, alguien había escrito con jabón en su parabrisas. "Regresa a tu país, japonés".

Nanea suspiró.

—Eso es terrible.

Me gustaría encontrar a esa persona y darle un puñetazo en la nariz —Donna cerró la mano para hacer un puño—. ¡Pow!

Lily se rio un poco, aunque fue una risa triste.

—Tendrías que golpear a muchas personas. No es fácil ser japonés en estos momentos —dijo—. Desearía que mi papi estuviera aquí.

—Entiendo lo que dices —dijo Nanea— tampoco sé cuándo volverá Papá a casa.

—Igual yo —dijo Donna—, mi papá ha estado en el astillero por cuatro días.

Lily alejó su dibujo.

—No es lo mismo. Nadie se los llevó —corrió a su habitación y azotó la puerta.

Donna y Nanea se miraron.

La tía Betty salió corriendo de la cocina.

—Lo siento, niñas —dijo mientras se dirigía a la habitación de Lily—. Todos estamos molestos por lo del papá de Lily, es difícil saber con quién debemos estar enojadas.

Esta guerra está destrozando todo, pensó Nanea.

❀

Cuando Nanea regresó de la casa de Lily, las encimeras de la cocina estaban llenas de pan, carnes frías y condimentos. Mamá estaba haciendo sándwiches y después se los entregaba a la tía Rose, que los envolvía en papel encerado y los apilaba en una gran torre.

—Eso es demasiado para el almuerzo —dijo Nanea.

—Son para los trabajadores —explicó Mamá—. Bomberos, policías y guardias de ataques aéreos. Ya que muchos restaurantes y supermercados aún están cerrados, es difícil que encuentren algo para comer. Así que les llevaremos esto. Es una forma de ayudar.

—Ven a echarnos una mano —dijo la tía Rose.

—Sí —Mamá estuvo de acuerdo—, ayúdanos.

Nanea estaba contenta de ayudar, pero quería contarle a Mamá lo que había sucedido en la casa de

Lily. Necesitaba un consejo para hacer que su amiga se sintiera mejor, pero antes de que pudiera decir algo, la tía Rose le dio el rollo de papel encerado.

—Relévame, *keiki*. Voy a llamar al guardia vecinal.

Nanea estaba confundida.

—¿Vas a llamar a la policía?

La tía Rose se rio. Sí, pero sólo para hacerle saber que preparamos comida. Harán un anuncio por su canal de radio.

Después de que la tía Rose llamó, Mamá subió el volumen del radio. Desde que las estaciones comerciales habían salido del aire el domingo, los Mitchell habían mantenido el radio encendido en la frecuencia de la policía, para tener información. Unos minutos después, Nanea escuchó que decían su dirección.

No pasó mucho tiempo antes de que hombres cansados, hambrientos y con la ropa sucia tocaran a la puerta. Mamá les servía café mientras ellos tomaban un sándwich de la pila.

—No he comido en dos días —dijo un bombero dándole una gran mordida a su sándwich. —¡No sabes lo rico que está esto!

—Nanea le dio dos sándwiches más.

—¿Ha visto a mi padre, Richard Mitchell? —preguntó—. Trabaja en el astillero de Pearl Harbor.

El bombero negó con la cabeza.

—Mi estación está en el centro de la ciudad, pero no te preocupes por tu papá. Estoy seguro de que allá también alguien lo está cuidando.

Eso hizo que Nanea se sintiera mejor. Y tal vez alguien le estaba dando a Mele un poco de comida y un traste con agua limpia. Así son en las islas: *ho'okipa,* hospitalidad.

—Gracias, niña— el bombero regresó la taza vacía—. Será mejor que regrese.

—¡Espere! —Nanea le enseñó uno de los carteles de su perrita perdida—. Estoy tratando de encontrar a mi perra, Mele. ¿La ha visto?

El bombero estudió el cartel y negó con la cabeza.

—No la he visto, pero estaré atento. Dame uno de esos y lo pondré en la estación —tomó el cartel con una mano y con la otra le hizo un saludo militar a Nanea.

Después de eso, Nanea se aseguró de que cada persona a la que le daba un sándwich, también tuviera un cartel. Todos los trabajadores le aseguraron que Mele regresaría. Con todo su corazón quería creerles.

EN LA OSCURIDAD

🐚 CAPÍTULO 10 🐚

Nanea estaba en el sillón leyendo, cuando Mamá anunció que era hora de prepararse para el apagón. Mamá y Mary Lou bajaron las sábanas para cubrir las ventanas, y Nanea recorrió la casa para apagar las pocas luces que estaban encendidas. Con cada luz que apagaba, la casa se ponía más triste, y también ellas.

Entregar sándwiches toda la tarde la había mantenido ocupada y había alejado los sentimientos de tristeza de su mente. Pero ahora que los trabajadores se habían ido y la casa estaba oscura, sus preocupaciones habían regresado. Nanea bajó su dedo sobre el último interruptor. Esta sería la quinta noche negra como el carbón. La quinta noche estando en la aburrida casa oscura en vez de estar patinando, o jugando atrapados, o pateando la lata con los gatitos y otros niños.

También era la quinta noche sin Papá. Parecía que habían pasado años desde que Nanea se había sentado en el pórtico con él, escuchando el sonido de los grillos y los graciosos sonidos de los gecos. Mientras los vecinos lavaban los trastes de la cena, ella y Papá hablaron de sus sueños, planearon salidas a pescar y contaron chistes. El cielo de las noches anteriores era suave y con estrellas parpadeando. Este cielo era intenso y solitario.

David le había enseñado a hacer una linterna portátil, haciendo agujeros en una lata vieja de Crisco con un clavo y poniéndola al revés sobre una pequeña vela. Pero tenían que ocultar incluso ese pequeño destello del Sr. López, el guardia de ataques aéreos. Nanea podría usarla sólo dentro de un armario. Era difícil para una niña acostumbrada a correr por todo el vecindario, tener que estar en un espacio tan pequeño, pero era la única forma en la que podía leer y eso le ayudaba a que las noches largas y oscuras pasaran más rápido.

Mamá encendió la vela de la linterna y la puso en el armario. Nanea se acurrucó en un nido de almohadas abriendo su libro de *Los pingüinos del señor Popper*. Pero esa noche, ni las travesuras de los pingüinos la distraían.

Tutu Kane Comenzó a tocar su ukulele. Las notas

de 'Hawaii Aloha' entraban en el armario de Nanea y en su solitario corazón. Apagó la vela y se reunió con los demás.

Logró llegar hasta la silla de su abuelo chocando sólo una vez con la mesa de te. Tutu Kane terminó 'Hawaii Aloha' y comenzó con 'Mai Poina 'Oe Ia'u: No me olvides'. Suavemente cantó las hermosas palabras en hawaiano y después en inglés.

No hay nadie a quien abrace con tanto cariño
Oh, amor de este corazón.

La última vez que cantó esta canción de amor fue en la boda de los primos de Nanea. Todas sus tías lloraron.

—Una canción de amor también puede hablar de un lugar, ¿no? —preguntó Nanea cuando su abuelo terminó.

—Sí, puedes amar un lugar —Tutu Kane contestó en la oscuridad.

Nanea suspiró.

—Extraño cómo eran las cosas antes del domingo.

—Yo también extraño nuestra amada Oahu —dijo

Tutu Kane —un silencio inundó la noche.

—¿Podemos escuchar más música? —preguntó Tutu.

Mientras Nanea avanzaba a tientas al sillón donde estaba Mamá, las lágrimas recorrían su rostro. En la oscuridad, no se molestó en limpiarlas.

—Los problemas parecen más grandes cuando te los guardas —susurró Mamá mientras Tutu Kane tocaba— ¿Quieres hablar?

Nanea encontró la mano de Mamá y giró muchas veces su anillo de matrimonio en el dedo.

—Parece que todas las cosas que pensaba que eran importantes, como ganar el concurso de manos amigas, ya no lo son —dijo Nanea—. No después de todo lo que ha pasado. Todo ha cambiado —se acurrucó al lado de Mamá—. Quiero que Papá regrese a casa.

—Yo también —dijo Mamá—. Pero todos tenemos que hacer sacrificios para ganar la guerra, y eso significa compartir a Papá —Mamá abrazó a Nanea— A veces lo mejor que podemos hacer es remar nuestra canoa, no importa cómo estén las olas alrededor.

—¿Entonces debo seguir en el concurso?

—Eso lo decides tú.

—Hay algo más —Nanea bajó la voz—. Lily se

enojó con Donna y conmigo. Dijimos que sabíamos cómo era no tener cerca a tu papá porque nuestros papás están trabajando. Lily dijo que no era lo mismo.

—Pobre Lily —Mamá le dio un apretón a Nanea—, pobre Nanea y pobre Donna.

Tutu Kane cantó con ternura, Tutu y Mary Lou tararearon.

Nanea reunió todo su valor para decir las palabras que había estado pensando desde que salió de la casa de Lily.

—¿Y si Lily ya no quiere ser mi amiga? Estaba tan... tan... ¡espinosa! ¡Como la corona de una piña!

Mamá suspiró.

—Oh, cuando era joven, me pique tantas veces eligiendo piñas ¿y sabes qué hacía Tutu?

Nanea negó con la cabeza. Después recordó que Mamá no la podía ver en la oscuridad.

—No —dijo.

—Me untaba un ungüento calmante. Siempre funcionaba —Mamá le dio otro apretón a Nanea—. Apuesto a que puedes encontrar algo que calme a Lily.

—Pero a su familia le han pasado muchas cosas malas —dijo Nanea—. El tío Fudge está en la cárcel y el ejército les quitó su cámara y su radio —Nanea también le contó a Mamá lo que habían escrito en el auto de Gene.

—¡Eso es terrible! —exclamó Mamá—. Los Suda no son el enemigo. Hawái es su casa, ellos nunca harían algo en contra de Estados Unidos.

Nanea se inclinó hacia Mamá.

—Quiero hacer algo para ayudar a Lily.

—Sigue siendo su amiga. Encontrarás la manera de ayudarla —Mamá le dio a Nanea unas palmaditas en la pierna.

Nanea pensó y pensó, pero por primera vez, no tenía ninguna buena idea.

Hola y adiós

anea se sentó en la mesa de la cocina, estaba escribiendo una carta mientras Mamá y Tutu hacían la cena.

14 de diciembre, 1941
Queridos abuelo y abuela,
Han pasado siete días desde lo que ya saben, siete días desde que Papá se fue de casa. Todos están ocupados ayudando con los esfuerzos de la guerra. Mary Lou está trabajando en el centro de evacuación. Mamá se unió a la Cruz Roja y está organizando clases de primeros auxilios. David siempre está de voluntario en el hospital o trabajando en el hotel, casi nunca está en casa. Y yo ayudo a entregar sándwiches.

Nanea dejó de escribir. Entregar sándwiches no se escuchaba importante comparado con lo que todos los demás estaban haciendo. Otra vez se sentía como la bebé de la familia. Suspiró y continuó escribiendo.

Salgo a buscar a Mele todos los días. Nunca pensé que esa perrita permanecería lejos de casa toda la semana. Tutu y Tutu Kane siguen con nosotros. No tuvimos clases de hula ayer, pero Tutu quiere comenzar con las clases otra vez la próxima semana, aunque sólo sean para mí y para Mary Lou.
Tenemos que ensayar para nuestro programa de Navidad en la USO, aunque es probable que cancelen el show. El barco Matson que trae los árboles de Navidad desde Washington se ha regresado, y no hay luces en el centro por los apagones.

Mientras trabajaba en la carta, Nanea escuchó un auto en la entrada. No era David. Él ya estaba en casa y Tutu Kane estaba en el patio trasero cavando un agujero para un refugio antibombas. Había otra regla nueva. Todas las casas debían tener un lugar para resguardarse durante los ataques aéreos.

Antes de que Nanea pudiera levantarse de la mesa para ver quién había llegado, la puerta principal se abrió, y de pronto, alguien estaba parado en la cocina.

—¡Papá! —gritó Nanea—. ¡Estás aquí! —exclamó lanzándose a sus brazos.

Papá la atrapó y la meció en sus brazos.

—¡Cariño! Oh, estoy tan contento de verte.

Papá bajó a Nanea y le dio a Mamá un gran abrazo. Tutu se limpió los ojos con su delantal. Mary Lou llegó corriendo desde su habitación, David y Tutu Kane entraron corriendo desde el patio trasero. Todos se estaban abrazando. Era maravilloso.

—¿El Sr. Hill también regresó? —preguntó Nanea.

Papá asintió.

—Lo dejé hace cinco minutos.

Nanea tenía otras miles de preguntas.

—Papá, tú...

Pero Mamá la interrumpió.

—Dale un minuto a tu padre.

Papá besó la mejilla de Nanea.

—Déjame ir a bañar —dijo—. Después hablamos.

Veinte minutos después, toda la familia de Nanea estaba sentada para cenar.

—Te extrañé —dijo Nanea pasándole a Papá un plato de atún a la parrilla.

—Y yo a ti, pero hay mucho trabajo por hacer, recoger escombros y hacer reparaciones. Tuvimos que cortar un barco que se volcó para rescatar a los marineros que estaban atrapados —Papá dudó—. Pero la marina no quiere que hable mucho de eso.

Nanea escuchó en la voz de Papá una tristeza que nunca había escuchado antes. Hubo un largo silencio mientras todos empezaron a comer.

—Al menos nuestra familia ya está reunida otra vez —dijo Mary Lou.

Nanea frunció el ceño.

—Falta Mele.

Papá dejó su tenedor.

—¿Qué pasó?

Nanea le contó todo.

—¿Crees que regrese, Papá?

—¿Alguna vez te conté de mi viejo perro, Rusty?

—Muchas veces —dijo Nanea.

—¿Sabías que una vez se perdió por tres meses?

—No —a Nanea le costaba creer que hubiera una historia de Rusty que no hubiera escuchado.

—El perro tonto nunca decía a dónde iba —Papá se rio—. Pero un día apareció justo a la hora de la cena como si se hubiera ido sólo por unos minutos —Papá levantó su tenedor—. Los perros no tienen el mismo sentido del tiempo que nosotros. Mele regresará.

Nanea no podía soportar la idea de esperar tres meses para ver otra vez a su dulce pequeña.

Después de cenar, nadie quería levantarse de la mesa. Todos permanecieron platicando, Papá apenas llevaba unos bocados del postre cuando de repente sus ojos comenzaron a cerrarse.

—Su padre necesita descansar —dijo Mamá—. Y todos tenemos tareas antes del apagón. Mary Lou, tú estás a cargo de los trastes. David, cubre las ventanas. Nanea, termina la carta para tus abuelos.

Nanea sonrió cuando Mamá repartió las tareas, y continuó sonriendo mientras terminaba su carta. *Esta es la mejor noticia,* escribió. *Papá está en casa. Sano y salvo.*

Esa noche, mientras Nanea se acurrucaba en el sillón, sentía como si por fin pudiera relajarse otra vez. Papá

estaba de regreso, como una barrera de coral prote-
giendo a la familia de los miedos y preocupaciones que
pudieran nadar cerca. Estaba tan contenta.

Abrió los ojos rápidamente. ¿Qué pasaría con Lily?
Su padre aún no estaba en casa. ¿Esto podría distanciar
más a los gatitos?

❀

Cuando Nanea despertó, inmediatamente recordó:
¡Papá está en casa! Saltó del sillón y corrió a la cocina.

—¡Buenos días!

—Shhh —Mamá puso su dedo sobre sus labios—.
Tu padre todavía está durmiendo.

Nanea se sirvió un vaso de jugo de piña y se sentó
en la mesa. Mamá volteó a ver a Tutu.

—Richard salió del astillero sólo una vez la semana
pasada —le dijo Mamá a Tutu—. Era tarde, y le pusieron
una multa ¡por manejar con las luces encendidas!

Tutu negó con la cabeza.

—Esa es una de las nuevas reglas —dijo—. Las
luces de los autos deben apagarse durante los apagones.
Pero ¿cuándo iba a tener tiempo de pintar sus faros?

—Ha trabajado día y noche —añadió Mamá.

Tutu bebió un poco de café.

—Hablando de reglas, el gobierno quiere saber qué suministros están disponibles en la isla. Todas las tiendas de alimentos tuvieron que hacer inventario la semana pasada. Tu padre y yo tenemos que hacer lo mismo en el mercado. Nos tomará unos cuantos días.

—Lamento no poder ayudar —dijo Mamá—. Esta semana estaré en la Cruz Roja todos los días. Mary Lou va a ser voluntaria en el centro de evacuación y David va a estar en el hospital.

—Yo puedo ayudar —Nanea se ofreció.

—No lo sé —Mamá dudó.

—Creo que es una buena idea —dijo Tutu—. Nanea puede sacar las latas y las cajas que están muy abajo para mí y para Tutu Kane.

—Y soy buena con los números —dijo Nanea esperando convencer a su mamá.

—Bueno... —Mamá hizo una pausa—. Está bien.

Nanea casi tira su jugo de la emoción. Hacía unas semanas había pedido que la dejaran ayudar en el mercado y Mamá había dicho que era muy joven.

—Bien —Tutu asintió con la cabeza levantando su taza de café—. Empezamos mañana.

De repente, Nanea tuvo otra idea.

—¿Puedo salir? —preguntó.

—Quédate en el patio —le advirtió Mamá.

Nanea contuvo la respiración mientras buscaba en el cielo aviones y humo negro. La última semana, mirar al cielo se había convertido en un hábito. Exhaló aliviada al ver sólo nubes flotando tranquilamente.

En la cochera, Nanea encontró dos latas de pintura sobre la mesa de trabajo de Papá, una gris y otra negra. Decidió pintar cada faro de un color. Destapó las latas con un desarmador como Papá siempre lo había hecho. Encontró dos brochas y se puso a trabajar pensando en lo contento que estaría Papá de que ella se hubiera encargado de eso. Era un poco difícil trabajar en las lisas luces curvas, pero tuvo cuidado de no pintar el auto.

Nanea escuchó un chiflido mientras la puerta trasera se abrió y Papá entró.

—Hora de romper... —Papá se detuvo cuando vio lo que estaba haciendo. Estaba sorprendido.

—No quería que te multaran otra vez —explicó Nanea—. Y necesitabas dormir.

El rostro de papá se suavizó y dibujó una sonrisa.

—Se que tu intención fue buena —comenzó—, pero

no es así como se tiene que hacer.

Nanea se sintió terrible.

—Sólo quería ayudar.

—Lo sé, cariño —dijo Papá.

Nanea suspiró, esperando que le recordara otra vez "piensa antes de actuar", pero no lo hizo. En vez de eso, fue a la cochera por una lata de removedor de pintura.

—No tardaré mucho en arreglarlo.

Juntos limpiaron la pintura de cada faro. Después Papá le explicó la forma correcta de hacerlo.

—Se supone que la parte de abajo debe ser negra y la parte de arriba debe ser gris —dijo poniendo un pequeño trozo de cinta adhesiva en medio de cada faro—.Cuando la pintura se seque quitaremos la cinta y la luz brillará a través de este espacio de en medio. Ahora, pinta la parte de arriba y yo pintaré la parte de abajo. Después pintaremos los faros traseros.

Al terminar limpiaron las brochas y taparon las latas de pintura.

—Muero de hambre —dijo Papá—. Espero que David nos haya dejado algo de desayunar.

De regreso en la cocina, Mamá rellenó la taza de café de Papá tres veces. Papá no le contó a nadie sobre

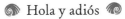

el desastre de Nanea.

—¿Cuántos sándwiches quieres llevar? —Mamá le preguntó a Papá.

—¿A dónde? —preguntó Nanea.

—Tengo que volver, cariño —dijo Papá.

—¡Pero acabas de llegar! —Nanea alejó su plato—. ¡No es justo!

—¿Justo? —Mary Lou exclamó—. Nada ha sido justo desde que la guerra comenzó.

—A todos les han pedido que hagan su parte para ayudar —añadió Mamá.

Papá miró a Nanea desde el otro lado de la mesa.

—Creo que sería más injusto si esperara que otras personas hicieran mi trabajo, ¿no crees?

Nanea pateó la pata de su silla, pero asintió. Después fue hasta donde estaba Papá y puso sus brazos alrededor de su cuello. Lo abrazó dos veces. Amigos para siempre. —¿Cuándo regresarás? —le susurró en el oído.

—En un par de días —le besó la mejilla—. Estarás tan ocupada que apenas si notarás que no estoy.

Eso nunca sería verdad.

Estrella de mar

reinta cajas de Corn Flakes —reportó Nanea estirando sus brazos cansados—. Y dos docenas de bolsas de arroz.

¡Hacer inventarios es un gran trabajo! Tenían que hacer una lista de todo lo que había en la tienda y contarlo todo. Habría sido más divertido trabajar en el mercado cuando había clientes, pero Nanea estaba contenta de poder ayudar a sus abuelos.

—*Mahalo* —dijo Tutu Kane, escribiendo la fecha, 17 de diciembre de 1941, en la última página del inventario— Cuando entreguemos estos números, podremos volver a abrir. Será bueno estar ocupada otra vez.

—Me pregunto si habrá escasez de comida —dijo Tutu—. Puede ser difícil conseguir todas las cosas que vienen de tierra firme. Tal vez están racionando.

—Yo sé que es eso —dijo Nanea—. Es cuando la

gente sólo recibe cierta cantidad de algo. Como una libra de mantequilla al mes.

—Si racionan la comida, lo llevaremos con *aloha* —dijo Tutu Kane.

—Tienes razón. Nos cuidaremos los unos a los otros —dijo Tutu—. Como siempre lo hemos hecho.

Tutu Kane colgó su delantal en el gancho.

—Debemos regresar a esta niña antes de que a su mamá se le olvide cómo es —le guiñó el ojo a Nanea.

—Espera —dijo Tutu tomando una caja de cartón—. Quiero empacar unos víveres para los Suda. Déjame buscar esas galletas que le gustan a Tommy.

Mientras Tutu juntaba los víveres, Nanea arreglaba el cartel de Mele que estaba en la ventana principal.

—¿Crees que esto ayude a encontrarla? —preguntó.

—¡Claro que sí! —contestó Tutu Kane—. Alguien definitivamente tendrá noticias de tu perrita.

Durante los últimos días, Nanea buscó por las calles cerca del mercado Pono. Era difícil imaginar que Mele hubiera corrido ocho kilómetros desde casa hasta el vecindario Kaimuki, pero Nanea buscó por si acaso.

Cuando Tutu terminó de empacar los víveres, le dio la caja a Tutu Kane para que la subiera al auto, y le dio a Nanea una pequeña bolsa de dulces.

—Por tu trabajo —dijo.

Nanea puso la bolsa en su regazo mientras Tutu Kane manejaba de regreso a casa. No podía acostumbrarse a la destrucción que había en la ciudad. En los lugares donde solía haber casas, ahora había huecos y en cada cuadra, las puertas de las tiendas estaban cubiertas con madera. "Algunas de estas puertas tal vez no volverán a abrir", pensó Nanea.

—¿En qué piensas, *keiki*? —preguntó Tutu Kane—.

—¿Crees que volvamos a la normalidad? —preguntó Nanea—. Es decir, en Honolulu. En Oahu.

—También me he preguntado eso —dijo Tutu.

—¿Sabes lo que pienso? —preguntó Tutu Kane—. Pienso que nuestra isla es como una estrella de mar. Sabes que sus brazos se regeneran, ¿cierto?

—Cierto —Nanea se preguntaba por qué las estrellas de mar tenían que hacer eso.

—Pero eso no sucede de la noche a la mañana. Toma un año o más. Tutu Kane sacó su brazo por la ventana para hacer una seña de que iba a dar la vuelta a la derecha, dobló el codo y levantó la mano.

—Bueno, el ataque nos quitó mucho. Como cuando una estrella de mar pierde su brazo —Tutu Kane agitó el brazo con el que estaba haciendo la señal—. Pero vamos a recuperarnos. No sucederá de la noche a la mañana, pero sucederá.

Estrella de mar. Nanea deseaba que las palabras de su abuelo se hicieran realidad.

—Estrella de mar —repitió Tutu Kane mientras se estacionaban frente a la casa de Nanea—. Llegamos. ¡Hogar, dulce hogar!

❀

La sala estaba llena de amigos de Mary Lou, todos enrollando bolas de hilo, o tejiendo. David salió de su habitación con su uniforme de botones. Todavía estaba trabajando en el Royal Hawaiian, aunque no había muchos turistas. Dijo que la Marina podría tomar el hotel como un lugar de esparcimiento para los marineros cuando tuvieran tiempo de descansar y relajarse. Pero eso no había sucedido aún.

Iris le mostró a David una calceta sin terminar.

—Estamos haciendo nuestra parte tejiendo —dijo.

—Buen trabajo —la sonrisa de David hizo que Iris se sonrojara.

—¡No te distraigas! —dijo Mary Lou mientras sus agujas de tejer hacían *clic, clic, clic*.

—¿También vas a salir? —Nanea le preguntó a Mamá —tenía puesto su sombrero para la iglesia y se estaba poniendo unos guantes.

—De regreso a la Cruz Roja, ¿recuerdas? —Le dio un beso a Nanea en la mejilla—. ¡Hola y adiós!

—¿Puedo ir contigo? —preguntó Nanea.

—Estamos pensando en hacer una brigada de jóvenes, pero por ahora el trabajo es sólo de adultos —Mamá recogió unos papeles—. Nos vemos en unas horas.

Nanea se dejó caer en el sillón junto a Iris.

—¿Quieres tejer? —preguntó Iris.

Nanea negó con la cabeza.

—Tutu trató de enseñarme y fue un desastre.

—¿Qué tal si enrollas las madejas para hacer bolas? —sugirió Iris—. Eso sería de gran ayuda.

Nanea levantó una madeja de hilo, tomó el extremo del hilo que colgaba y comenzó a enrollarlo. Enrollar, enrollar, enrollar. El trabajo de la guerra era aburrido. Terminó una bola y después se fue a su habitación.

En su mesita de noche estaba una fotografía enmarcada, de Nanea y Lily en el sampán del tío Fudge. En vez de sentir felicidad, sintió nostalgia al ver la foto. El tío Fudge aún estaba en la oficina de inmigración y su amistad con Lily aún estaba espinosa. Nanea había llamado a Lily todos los días desde que habían hecho los carteles de Mele, pero Lily no quería hablar con ella.

Nanea levantó la foto. La habían tomado antes de que Donna llegara a la isla. Nanea y Lily habían pasado todo el día con el tío Fudge y él había empacado deliciosas cajas *bento* para el almuerzo, con la comida favorita de Nanea; bolas de arroz con durazno encurtido. Después, sacó una lata llena de galletas de avena —Un bocadillo dulce para una tripulación dulce —dijo.

¡Lily y Nanea comieron muchas galletas ese día! La tía Betty y Mamá se hubieran puesto histéricas si hubieran sabido. Nanea sonrió. Ese recuerdo era tan dulce como esas galletas.

"Claro", pensó Nanea. "¡Galletas!"

Tal vez no podía sacar al tío Fudge de la cárcel, o cambiar la forma en la que algunas personas estaban tratando a los Suda, pero podía hornear galletas de avena para Lily y el tío Fudge. Así Lily sabría lo mucho que Nanea se preocupaba por ambos.

Puka

ientras Mary Lou pasaba la última tanda de galletas desde la charola para hornear a la rejilla para enfriar, Nanea marcó un número conocido. La tía Betty contestó.

—Sí, ven —dijo—. Lily está emocionada por verte.

Esa noticia hizo que el estómago de Nanea saltara como una rana de árbol. ¡Lily quería verla!

Mary Lou les llevó a sus amigos, que estaban en la sala, un pequeño plato de galletas calientes. Las galletas tentaron a Nanea, pero no se comió ninguna. Eran para Lily y el tío Fudge. Limpió la cocina mientras las galletas se enfriaban y después las empacó en una caja de forrada con papel encerado.

Apenas había caminado unos cuantos pasos hacia la casa de Lily cuando algo la detuvo. Era un perro que ladraba fuerte. El escándalo venía de la casa de los Bradley, que estaba del otro lado del camino, en la esquina contraria a la casa de los Suda.

Nanea corrió a la orilla del patio.

—¿Hay alguien en casa? —ningún Bradley contestó, pero el perro seguía ladrando. Nanea corrió a la parte trasera. Un montón de herramientas, palas y cubetas estaban perfectamente apiladas junto a la casa, había un agujero recién hecho en la esquina del patio. Se parecía al que David y Tutu Kane habían comenzado a cavar en su patio trasero para el refugio.

Pero Nanea centró su atención en ese agujero. El sonido de los arañazos era demasiado fuerte como para ser un geco, ¡incluso para un ejército de gecos! Nanea miró sobre el borde, su corazón palpitaba con esperanza. Dos ojos cafés la miraron.

—¡Mele! —Nanea dejó caer la caja de galletas y se arrodilló, estaba tan contenta que comenzó a llorar—. Ven, niña. ¡Aquí!

El agujero era muy profundo para que Mele saliera de un salto, así que trató de escalar moviendo sus patas en la tierra, pero las paredes estaban resbalosas.

Nanea corrió a la casa de los Bradley y buscó en el montón de herramientas. ¡Había una escalera! Estaba

pesada, pero Nanea la arrastró por el patio. La puso
en el suelo y la deslizó dentro del agujero. Mele estaba
saltando y arañando las paredes de tierra, desesperada
por salir, así que Nanea tuvo que tener cuidado de no
golpearla con la escalera.

Cuando la escalera tocó el lodoso suelo, Nanea la
jaló para poder apoyarla contra un lado del agujero. Se
dio la vuelta y comenzó a bajar. La escalera tambaleaba
a medida que Nanea ponía su peso sobre ella. Movió
sus pies con cuidado, agachándose con cada paso.

—Tranquila, Mele.

Le faltaban dos escalones para llegar abajo cuando
Mele saltó sobre Nanea, lamiendo sus piernas.

—¡Oh, yo también estoy feliz de verte! —dijo Nanea
mientras bajaba de la escalera. Rodeó el cuello de Mele
con sus brazos y la abrazó fuerte— ¡Iuug! Hueles como
si hubieras caído en un banco de peces muertos.

Mele ladró cuando escuchó su palabra favorita.

—Está bien —dijo Nanea—. Salgamos de aquí.
Sosteniendo fuertemente a Mele, Nanea puso una
mano en la escalera y comenzó a subir, escalón por
escalón hasta la cima. Puso a Mele en el suelo, terminó
de subir y después subió la escalera. La dejó caer en el

suelo y después se dejó caer junto a ella. Mele saltó a su regazo. Nanea tenía calor, estaba sucia, maloliente y sin aliento, pero nunca había estado tan feliz.

Mele corrió hasta la caja de galletas, olfateando.

—¿Tienes hambre? —Nanea abrió el paquete de galletas—. Apuesto a que al tío Fudge no le importará compartir algunas. Mele se comió la primera galleta de un bocado. Nanea partió la siguiente en pedazos peque-ños— Necesitas comida de verdad —dijo poniéndole la tapa a la caja. Arrastró la escalera hasta donde la había encontrado, levantó a Mele y se fue a casa.

—¡Mary Lou! —gritó—. ¡Mira lo que encontré!

Mary Lou salió al pórtico de la entrada.

—¿Dónde habías estado, perrita mala?

—¡No es mala! —dijo Nanea—. Se cayó en un agu-jero en el patio de los Bradley y no podía salir.

Mary Lou abrió los ojos muy grandes.

—Apenas comenzaron a cavar ese agujero hace dos días. Apuesto a que Mele venía a la casa cuando se cayó— Mary Lou se acercó para acariciar a Mele, pero se detuvo—. Wow —dijo tapándose la nariz—. Mele necesita un baño antes de entrar —luego miró a Nanea de la cabeza a los pies—. Y tú también.

—Primero la comida —dijo Nanea.

Mary Lou le dio agua a Mele y le preparó un tazón
con sobras de arroz y fideos. Mientras Mele comía,
Nanea llenó en el patio trasero la vieja tina para lavar.

Después de que la bañaron y la secaron, una Mele
con olor a rosas se acurrucó en la almohada de Nanea.

—Lamento haber tardado tanto en encontrarte
—dijo Nanea mientras se quitaba la ropa sucia—. No
puedo esperar para contarle a Donna y a Lily.

Donna estaba emocionada cuando Nanea la llamó.

—¡Voy a tu casa! Sólo termino de ayudarle a mi
mamá a enrollar las vendas para la Cruz Roja y ya.

Después Nanea le llamó a Lily. La tía Betty contestó
y Lily tardó mucho en pasar al teléfono.

—Ah, eres tú —dijo Lily sin emoción—. Pensé que
ibas a traer algo para mi papá.

—Sí —comenzó Nanea — galletas, pero...

—Eso fue hace dos horas —la interrumpió Lily—.
Esperé y esperé. Pensé que eras mi amiga.

—¡Lo soy! —Nanea trató de explicarle.

—Me tengo que ir —Lily colgó.

Nanea se sintió terrible. Salió al pórtico trasero con
Mele tras ella, y puso la cabeza entre las manos.

—¡Encontraste a Mele! —dijo la tía Rose alegremente—. Pero, ¿por qué la cara de tristeza? ¿Qué preocupa a mi vecina favorita?

Nanea le contó lo que había sucedido.

—No quise decepcionar a Lily, pero Mele también me necesitaba.

La tía Rose asintió. Te dividiste tratando de hacer *kokua* por dos amigas al mismo tiempo. Tienes que ir a hablar con Lily.

—Quizá me cierre la puerta en la cara —Nanea acercó sus piernas al pecho—. Tal vez mañana o pasado mañana.

—Es mejor agarrar el toro por los cuernos de una vez —le aconsejó la tía Rose.

—Ouch —dijo Nanea—. ¿Quién agarraría a un toro por los cuernos?

La tía Rose se rio.

—Significa que si algo es muy difícil, debes hacerlo de una vez —luego regresó a su cabaña.

La cabeza de Mele descansaba en el regazo de Nanea. Nanea la acariciaba mientras pensaba, y finalmente se decidió.

—¿Quieres dar un paseo? —preguntó Nanea.

Mele contestó moviendo la cola. Nanea tomó el paquete de galletas y, por segunda vez en el día, se dirigió a la casa de Lily.

Cuando Nanea y Mele llegaron, Lily estaba barriendo el pórtico. Lily sonrió de inmediato al ver a Mele.

—¡La encontraste!

Mele subió las escaleras para saludar a Lily con un lengüetazo.

—Es por eso que no pude llegar hace rato —dijo Nanea parada en el escalón de abajo—. Estaba atrapada en un agujero en el patio trasero de los Bradley. Después de que la saqué, estaba tan hambrienta que tuve que prepararle algo de comer. Y estaba tan sucia que tuve que bañarla. Por eso me tardé —Nanea le entregó la caja—. Aquí están las galletas que hice. Son de avena —Nanea esperaba que Lily recordara ese viaje especial.

—Papi ama las galletas de avena. Lily bajó los escalones para tomar la caja.

Hubo un silencio incómodo y Nanea se frotó las manos con nerviosismo en su pantalón corto.

—Me disculpo —dijo finalmente— por todo.

—Yo también me disculpo por haberme enojado.

Lily se sentó en un escalón y comenzó a rascar la oreja izquierda de Mele. Nanea se sentó y rascó la oreja derecha. Mele movía alegremente la cola.

—Estoy contenta porque encontraste a Mele, de verdad —Lily suspiró—. Pero también hace todo más difícil.

Nanea inclinó la cabeza.

—No entiendo.

—Ya tienes a toda tu familia reunida. La mía todavía tiene un *puka*. Un gran hueco.

—Sé que estás preocupada por tu papá —comenzó a decir Nanea— y sé que las galletas no harán que tus preocupaciones se vayan —se mordió el labio, no estaba segura de cómo continuar—. Tutu dice que los problemas son como una gran cubeta con agua. Demasiado pesada para cargarla sola.

Lily apretó su cara contra el pelaje de Mele antes de voltear a ver a Nanea.

—Gracias por las galletas —dijo— y gracias por preocuparte por mí.

Donna llegó corriendo por la calle, gritando el nombre de Mele. Mele bajó de los escalones de un salto para reunirse con ella, olfateó la bolsa de papel que

Donna traía en la mano.

—¡Tu fruta seca favorita, Lily! —dijo Donna alegremente agitando la bolsa de frutas secas—. ¡Ciruelas!

Se sentó en los escalones entre Lily y Nanea y abrió la bolsa. Las niñas comieron hasta que estaban todas pegajosas y cuando se acabaron las ciruelas, Donna rompió la bolsa en tres partes y las masticaron para disfrutar la dulzura de las ciruelas.

—Tutu tiene razón —dijo Lily—. Mi cubeta con agua no se siente tan pesada con ustedes dos aquí.

—¿Qué cubeta de agua? —preguntó Donna mirando alrededor.

Nanea y Lily se rieron.

—Te contamos después —dijo Nanea—. Ahora vamos a limpiarnos.

Ya llegó la Navidad

 l calendario decía 24 de diciembre, pero nadie lo creería si miraba la ciudad de Honolulu. No había árboles de Navidad en las casas. Las luces que normalmente invitaban a los compradores a las tiendas del centro estaban apagadas. El toque de queda hacía imposible que los cantantes de villancicos fueran de puerta en puerta. Y sin clases, no había programa de Navidad en la escuela Lunalilo. Se suponía que este año el grupo de Nanea iba a cantar 'Santa's Hula', que hablaba de la canoa roja de Santa.

Ahora que Mele estaba en casa, Nanea había encontrado un poco del espíritu navideño. Había pasado la semana haciendo regalos, y había colgado el letrero de 'No entrar: duendes trabajando' en la puerta de su habitación, para poder envolver los regalos. Amarró un hilo alrededor del último paquete y después los escondió todos debajo de su cama.

—Ya casi es Navidad —le dijo Nanea a Mele que estaba acurrucada en su almohada.

Nanea fue a la cocina donde Mamá, Mary Lou y Tutu estaban horneando galletas. Desde la ventana, Nanea podía ver a Papá, David y Tutu Kane terminando el refugio antiaéreo en el patio trasero. Nanea se estiró para agarrar una galleta, pero Mary Lou la detuvo.

—Estas son para los soldados que pasarán Navidad en el hospital —Mary Lou le informó.

—Creo que podemos reponer una galleta —Mamá le sonrió a Nanea.

—Bueno, tenemos que hacer todo lo que podamos para mejorar el ánimo de los soldados —dijo Mary Lou.

Nanea dejó la galleta.

—Y ¿qué hay de nuestro estado de ánimo? ¿Las personas comunes y corrientes no necesitamos que nos levanten el ánimo?

Tutu sonrió.

—Claro que sí, pero queremos alegrar a los soldados que no podrán estar en su casa esta Navidad.

Nanea tomó una decisión. ¡Voy a alegrar a mi *'ohana*!, se dijo a sí misma. Salió corriendo, Mele iba detrás de ella. Necesitaban un árbol de Navidad y afuera debía haber algo que pudiera usar. La rama de una palmera había caído en el pórtico de enfrente. Nanea la arrastró a la sala. Después buscó unas tachuelas. Sólo encontró algunas tachuelas oxidadas. Nanea se asomó a la cocina.

—Mary Lou, ¿puedo usar tu esmalte de uñas?

—Eres muy joven para pintarte las uñas —dijo Mamá antes de que Mary Lou pudiera contestar.

—No es para mis uñas —explicó Nanea—. Es para un proyecto de Navidad.

—Entonces está bien —respondió Mamá.

Una capa roja de esmalte para uñas convirtió las tachuelas oxidadas en algo lindo y festivo. Parecían pequeñas bayas saliendo de las hojas de palmera.

David entró.

—¿Qué estás haciendo? —preguntó.

—Nuestro árbol —dijo Nanea—. ¿Qué opinas?

—¿Y la estrella de la punta? —preguntó David.

Nanea frunció los labios.

—Aún no sé cómo hacerla, pero voy a decorarlo con collares hawaianos de papel.

—¿Qué vas a decorar con collares hawaianos de papel? —preguntó Mary Lou saliendo de la cocina— ¡Un árbol! —exclamó. —¡Déjame ayudarte! —corrió por unas tijeras y papel.

David volvió afuera, y Nanea y Mary Lou comenzaron a hacer collares. Estaban poniendo la guirnalda cuando David regresó con Papá y Tutu Kane.

—¡Tarán! —David les mostró una estrella hecha con una lata aplanada.

Papá la colgó en lo alto del árbol hecho con la rama de la palmera.

—David dijo que había un árbol de Navidad en la casa y casi no lo creo. Buen trabajo, Nanea.

—Qué buen recordatorio de que podemos hacer nuestro propio espíritu navideño —dijo Tutu Kane.

—El mejor árbol —dijo David.

Mary Lou le puso un collar hawaiano a Nanea.

—Buena idea, hermanita —dijo—. Ahora estamos listos para Navidad.

Esa noche, después de que cubrieron las ventanas, toda la familia cantó villancicos en la oscuridad acompañados de los ukuleles de Tutu Kane y David. Hasta Mele se unió, aullando 'Santa's Hula'.

—¡Arriba, dormilona! — Nanea le dijo a Mary Lou—.
¡Es Navidad! Por primera vez, su hermana mayor no
refunfuñó porque era demasiado temprano.

El desayuno fue un festín con la comida favorita
de Nanea; panqueques de coco con papaya fresca ¡y
salchichas portuguesas! Cuando los estómagos de
todos estuvieron llenos con cosas deliciosas, Nanea
compartió su última mordida de malasada con Mele, y
se sentaron en la sala.

Cuando Nanea era pequeña, no podía esperar para
abrir los regalos. Ahora le costaba trabajo esperar a que
los otros abrieran los regalos que ella había hecho.

Nanea había cosido unos pequeños sacos con cordón, y le había bordado un diseño especial a cada uno.
Mamá abrió su saco primero.

—¡Oh, es hermoso! —dijo.

—El corazón es porque te amo —le dijo Nanea.

—Y el mío tiene notas musicales porque tengo
muchos discos —supuso Mary Lou—. Es perfecto para
guardar mi labial.

—¡Un ave del paraíso! —exclamó Tutu cuando
abrió su saco.

—Porque está llena de alegría, como tú

—Gracias, *keiki*. —dijo Tutu—. Esto es un tesoro.

—¿Es mi turno? —Papá amaba los regalos tanto como Nanea —¡Wow! ¡Un libro de nosotros pescando!

—Mira —Nanea se acercó—, ahí estás atrapando el pez más grande.

—Eso sería un cambio en la rutina —Papá se rio.

—Tal vez podríamos ir a pescar la próxima semana —dijo Nanea.

—Me encantaría —Papá hojeó el libro que Nanea le había hecho —pero no tengo otro día libre hasta el dieciséis de enero. Sé que es larga la espera, pero prometo que te llevaré.

—¡Trato hecho! —Nanea rodeó el cuello de su papá con sus brazos y lo abrazó dos veces— Atraparemos muchos peces, no importa cuándo vayamos.

—Esa es una actitud muy madura —Mamá sonrió.

—¿Puedo abrir mi regalo? —preguntó David.

Nanea también le había hecho un libro a David y en cada página aparecía él haciendo algo que le gustaba; surfeando, tocando el ukulele, manejando su carcacha. Nanea había dibujado un monito en cada escena.

—Ah, claro —dijo David—, para que no olvide que mi pequeña monita siempre está conmigo— dijo despeinando el cabello de Nanea.

Tutu Kane examinó lentamente su libro.

—Esto me trae buenos recuerdos —dijo sonriendo al ver el dibujo que Nanea había hecho de él recogiendo tomates silvestres.

Nanea tenía varios regalos por abrir. El primero era un nuevo uniforme escolar que Mamá le había tejido.

—¡Espero poder usarlo pronto! —dijo Nanea.

El regalo que recibió de Mary Lou era un pasador de metal con su nombre grabado. Nanea sonrió. ¡Su hermana seguía tratando de arreglarle el cabello!

Tutu y Tutu Kane le dieron un delantal blanco. Los ojos de Nanea brillaron cuando vio que Tutu había bordado 'Mercado Pono' con hilo rojo en el frente, así como los delantales que ella y Tutu Kane usaban en la tienda.

—Fuiste de gran ayuda durante el inventario —dijo.

Tutu Kane asintió.

—Esperamos que regreses a trabajar con nosotros.

Nanea deslizó la tira para el cuello sobre su cabeza.

—¡Claro que regresaré! —contestó feliz.

Mele olfateó el libro de *The Mystery of the Brass Bound Trunk* que le había dado David.

—Sé que te encantan esos libros de Nancy Drew

—dijo—. ¡Pero no sabía que a Mele también le gustaban!

El último regalo era de Papá, le entregó un pequeño paquete a Nanea, Mamá y Mary Lou.

—Para mis chicas —dijo.

Adentro había pequeños pines.

—¡Oh! —Mamá exclamó— ¡Qué ingenioso!

Los pines decían 'Recuerda Pearl Harbor', pero en vez de la palabra 'Pearl', había una pequeña perla.

Nanea inmediatamente se puso el suyo.

—Gracias, Papá.

Abrazó a Mele estudiando cada uno de los rostros en la sala. La guerra había cambiado muchas cosas, pero no podía cambiar el amor que los miembros de su familia sentían.

En ese momento sonó el timbre.

—¿Quién será? —murmuró Mamá.

Papá abrió la puerta principal y gritó.

—¡Fudge!

El resto de la familia Suda entró.

—¡Estás de regreso! —Mamá tocaba el brazo del tío Fudge como si no pudiera creer que era real.

Nanea corrió hacia Lily.

—¡Tu papá está en casa! ¡Estoy tan feliz por ti!

Tutu y Mamá sirvieron café y pastel de coco mientras el tío Fudge contaba su historia con Tommy pegado a su pierna.

—Gracias por cuidar tan bien a mi familia—dijo abrazando a la tía Betty.

—Ustedes también son nuestra familia —Mamá sollozó. Papá le dio su pañuelo.

—¿Cómo saliste? —preguntó David.

—La mayoría de los hombres arrestados eran doctores, sacerdotes o maestros, no pescadores —el tío Fudge se encogió de hombros—. Supongo que si entraban en guerra con Japón, el gobierno planeaba arrestar a todos los líderes de la comunidad. Para que fuera más difícil organizarse o hacer algo.

—En la lista estaba Fumihiro Suda —dijo Gene—. Pensaron que era él.

—Como si todos los líderes de la comunidad japonesa fueran espías... —dijo Papá.

—El miedo hace que la gente piense tonterías —dijo Tutu Kane.

El tío Fudge asintió.

—Mi abogado, el que llamó Mary —dijo señalando

a Mamá— convenció al FBI de que era el Suda equivocado. Y por fortuna no van a arrestar al otro Suda.

—Por lo que estamos muy agradecidos. —la tía Betty le dio unas palmaditas al tío Fudge en el brazo.

Mamá suspiró.

—Estamos agradecidos de que estés en casa.

Una nube pasó sobre la cara del tío Fudge.

—Nunca tuve que salir de la oficina de inmigración, pero otros fueron enviados al campo de reclusión en Sand Island —negó con la cabeza—. Escuché que ahí la situación está muy mal.

La habitación se quedó tan silenciosa que Nanea podía escuchar el *tic tac* del reloj.

—Uno por uno —dijo Tutu amablemente.

—¿Qué? —preguntó Nanea.

—Es difícil recoger una cosecha de mangos de una vez —dijo Tutu—. Debes cultivarlos uno a la vez. Trabajaremos para recuperar a nuestros vecinos de la misma forma. Uno a la vez.

El tío Fudge se levantó los lentes para secarse los ojos. Nanea miró a su alrededor. Todos los adultos estaban sollozando.

—¿Quién quiere más pastel? —preguntó Mamá.

—No, gracias —dijo tía Betty—. Debemos ir a casa.

Tommy iba de caballito en los hombros del tío Fudge, mientras Lily lo tomaba de la mano. La tía Betty entrelazó su brazo con el de Gene.

—¡*Mele Kalikimaka!* —gritó Nanea mientras la familia caminaba por la calle—. ¡Feliz Navidad!

Era la mejor Navidad de todas. Finalmente no había *pukas* en su familia.

CARAMBA

CAPÍTULO 15

Mele chillaba y caminaba de un lado al otro mientras Nanea se alistaba.

—Lo siento Mele —explicó Nanea—. Pero no es la clase de hula. Es la presentación de la USO. No aceptan perros.

—Estoy algo nerviosa —confesó Mary Lou mientras arreglaba su cabello frente al espejo—. Es nuestro primer show en más de un mes.

Nanea asintió.

—Aún estoy triste porque cancelaron el baile de Navidad.

—Yo también —Mary Lou coincidió—. Es extraño hacer una presentación de Año Nuevo a las dos de la tarde, pero es la única forma de asegurarnos de que todos estén en casa antes del toque de queda —luego puso el último pasador en su cabello— Lista. ¿Tú?

—¡Casi! —contestó Nanea. Descolgó su *holoku* del gancho y lo dobló. Era la primera vez que iba a bailar con su vestido de gala. Aunque antes hubiera sido de Mary Lou, usarlo hacía que Nanea se sintiera como una adulta. Recogió la larga cola como Mamá le había enseñado y con cuidado lo puso sobre los utensilios en su *'eke hula*. En cuanto se dio la vuelta, ¡Mele trató de subirse a la canasta!

—¡No, Mele! —Nanea movió su canasta— ¡No quiero que arrugues mi vestuario!

Mary Lou negó con la cabeza.

—¿Qué le pasa a esa perrita?

—No lo sé —Nanea levantó sus manos—. Tal vez esté así por todos los fuegos artificiales de Año Nuevo. Le asustan los ruidos fuertes —Nanea buscó bajo la cama y sacó una de las pelotas favoritas de Mele—. Juega con esto. Eso te calmará.

Pero Mele no jugó. Se dejó caer en el piso, jadeando y mirando con sus ojos cafés llenos de tristeza a Nanea.

—Mele parece bastante molesta —dijo Mary Lou—. Creo que sabe que te vas a ir y quiere acompañarte.

—Tal ves la tía Rose pueda cuidarla —dijo Nanea.

Desde que había rescatado a Mele del agujero, la

perrita se le había pegado como un erizo. La tía Rose estuvo feliz de cuidar a Mele.

—Puede ayudarme con mi Jardín de la Victoria —La tía Rose se rio—. ¡Sé que Mele es buena cavando hoyos!

Nanea le agradeció a la tía Rose y corrió al auto. En el auditorio de la USO, Nanea se cambió rápidamente y después encontró a Tutu tras bambalinas con los instrumentos.

Todos los bailarines y los músicos estaban en los vestidores alistándose, o en vestíbulo colocando los bocadillos que servirían después de la presentación. Nanea estaba contenta de poder tener un momento a solas con su abuela.

—Tutu —comenzó poniendo sus dedos en puntas primero a la izquierda y luego a la derecha.

Tutu acomodó el *lei po'o* de Nanea que se había deslizado al frente de su cabeza.

—¿Qué pasa, *keiki*?

—Es el paso de la salida de la luna —confesó—. He estado teniendo problemas con ese paso.

Tutu señaló su corazón.

—El Hula está tanto aquí, como en las manos y los

pies —sonrió—. Has visto la salida de la luna ¿cierto?

Nanea asintió. Su recuerdo favorito de la salida de la luna era del año anterior. Papá había llevado a los tres gatitos a acampar, y se durmieron tarde.

—Trae ese recuerdo en tu corazón —Tutu la animó.

Nanea cerró sus ojos y recordó cuando vio la blanca luna tomar su lugar en el cielo.

—Ahora baila —susurró Tutu.

Ese recuerdo de la salida de la luna brilló como una perla en el corazón de Nanea. Después creció y creció extendiéndose hasta sus hombros, codos, cintura y dedos. Abrió sus ojos, e hizo el paso.

—Hermoso —Tutu tarareó y comenzó a bailar con Nanea. Dos pequeños brazos y dos sólidos brazos se levantaron con gracia por el aire, como delicados pájaros despegando desde las ramas de los árboles para planear por las nubes.

Cuando el baile terminó, Tutu sonrió.

—Eres una buena *haumana* —dijo.

—Soy buena estudiante porque tengo a la mejor maestra — contestó Nanea, y le dio a Tutu un abrazo.

El maestro de ceremonias subió al escenario.

—Hoy tenemos casa llena —le dijo a Tutu señalando

el otro lado de la cortina—. Comenzamos en cinco minutos —dijo.

—*Mahalo* —dijo Tutu—. Nanea, ¿puedes reunir a los demás?

Cuando todos los bailarines estaban tras bambalinas, un golpe de nerviosismo burbujeó en el estómago de Nanea. Respiró profundo sabiendo que las mariposas desaparecerían cuando comenzara a bailar.

Tutu salió detrás del telón y caminó elegantemente hasta el gran micrófono.

—*Aloha* —dijo. Presentó su estudio de hula, a los cantantes y a los músicos— El hula es gratificante por la *kumu hula*, los cantantes, músicos y bailarines, todos trabajando juntos — abrió sus brazos como si reuniera a la audiencia—. Espero disfruten nuestros bailes —dijo.

Los bailarines más jóvenes se presentaron primero. A veces se les olvidaba lo que tenían que hacer, pero los hombres uniformados aplaudían de todas formas.

Nanea ayudó a los pequeños a salir del escenario, las mariposas de su estómago se multiplicaban. Seguía su grupo.

—Sonríe Tutu —la animó amablemente.

Su cálida voz relajó a Nanea. Encontró su lugar en

el escenario con las otras niñas y levantó sus brazos, manteniendo sus manos suaves y sus codos arriba. La música comenzó. Nanea mantuvo su mirada en sus manos, mientras sus pies se movían hacia la izquierda, la derecha, adelante y atrás. En unos cuantos tiempos, sería el momento de la salida de la luna. Nanea respiró profundamente, dibujando su recuerdo en su corazón. Y bailó como lo había hecho con Tutu.

Mientras los músicos tocaban las notas finales de la canción, Nanea y las otras niñas adelantaron su pie derecho e hicieron puntas, estiraron los brazos, juntaron las manos sobre sus dedos y se inclinaron.

—Ese fue tu mejor baile —le dijo Mary Lou a Nanea cuando salió del escenario—. Fue hermoso.

Nanea vio a Tutu sonriéndole. Nanea le devolvió la sonrisa sintiéndose más ligera de lo que se había sentido en mucho tiempo.

Después de la presentación, Nanea ayudó a servir los bocadillos. Estaba a punto de entregarle un vaso de ponche a un soldado que tenía un cabestrillo en el brazo, cuando escuchó una gran conmoción.

—¡Alto! ¡Alto! —alguien gritó.

Nanea volteó y vio una sombra borrosa caminando

directamente hacia ella. Tiró el vaso de sus manos y el ponche cayó sobre el soldado.

—¡Mele! ¿Qué haces aquí? —Nanea preguntó con sorpresa mientras Mele caminaba alrededor de sus pies—. ¿Por qué no estás con la tía Rose?

Como respuesta, la tía Rose entró jadeando en el salón.

—Alguien encendió unos fuegos artificiales y Mele se asustó. Corrió y corrió. Supuse que estaba buscándote. La tía Rose se inclinó para recuperar el aliento.

—Aquí hay un lugar, señora —dijo el soldado empapado, levantando una silla con su brazo bueno.

—Y aquí hay un poco de ponche —Mary Lou le dio a la tía Rose algo para beber.

—Su uniforme —le dijo Nanea al soldado mientras comenzaba a secar su manga.

—No pasó nada —se agachó para mirar a los ojos a Mele— ¿La puedo acariciar?

La cola de Mele se movía y tenía la lengua afuera.

—Parece que a Mele le gusta la idea —dijo Nanea.

—Mele ¿eh? —El soldado le rascó detrás de la oreja— Me llamo Tennessee —dijo—. Bueno, así es como me dicen mis amigos. Para el Tío Sam soy el

Soldado de Primera Clase, Ronald Paul —Mele se echó para que Tennessee pudiera rascarle la panza.

—Se parece a mi perro Champ —dijo otro soldado.

—¡Mira como mueve la cola! —dijo otro.

Mele estaba rodeada de hombres uniformados, como si fuera la estrella de una película.

Tennessee le cedió su lugar a alguien más para que acariciara a Mele.

—Extraño mucho a mi Blue. Es el mejor sabueso de mi ciudad —dijo.

—Me disculpo nuevamente por lo de su uniforme —dijo Nanea. Apenas si podía ver a Mele con todos los soldados rodeándola. Todos estaban contentos de que Mele se hubiera unido a la fiesta.

Tennessee le hizo un saludo militar a Nanea.

—Gracias a ti, esta es la mejor fiesta de víspera de Año Nuevo de todos los tiempos —le guiñó el ojo—. Pero la próxima vez, creo que mejor beberé el ponche en vez de echármelo encima.

la semana siguiente, después del show de la USO, Nanea

Totalmente indispensable

brió la puerta principal de la casa para que entraran los otros dos gatitos.

—Justo a tiempo. Hay pan de guayaba recién hecho.

—No, gracias —Donna se quitó los zapatos—No tengo hambre.

Nanea se sorprendió. Donna nunca había rechazado un postre.

—¿Podemos ir a tu habitación? —le preguntó.

En la habitación, Donna se sentó en la cama.

—¡Espera, espera, espera! —Nanea se apresuró—. No podemos sentarnos en el edredón. Eso sería una falta de respeto para Tutu y todo el esfuerzo que puso en esto. ¿Ves todas esas pequeñas puntadas? —señaló alrededor de las aplicaciones de la flor turquesa que brillaban como el océano contra el fondo blanco del edredón— Ayúdenme primero a quitar el edredón.

Después de que quitaron el edredón, los tres gatitos se sentaron sobre las sábanas, y Mele tomó su lugar en la almohada de Nanea. Donna se sentó en silencio recorriendo el lomo de Mele una y otra vez.

Nanea se dio cuenta de que Donna estaba triste.

—¿Estás bien?

Donna abrió la boca para decir algo, pero la cerró. Negó con la cabeza y una lágrima cayó encima de Mele.

—¡Cuéntanos! —Nanea se le acercó. Lily también.

—Los civiles innecesarios se tienen que ir —dijo Donna con tristeza.

—¿Quién? —Nanea parpadeó.

—Las personas como Mamá y como yo —dijo Donna—. Las personas que no tienen trabajo y no están ayudando con los esfuerzos de la guerra. —Donna se limpió la mejilla— El ejército dice que no son necesarios. Que será más fácil proteger la isla con menos gente. Así que nos tenemos que ir.

Nanea sintió como si el aire frío le golpeara la cara.

—¡Eres necesaria! —insistió—. ¡Lo eres!

Donna negó con la cabeza.

—Yo no tengo un trabajo como Papá que trabaja en

el astillero reparando los barcos. Tampoco mi mamá.

—¿Entonces tú y tu mamá se tienen que ir, pero tu papá no? —preguntó Lily.

—Es correcto —Donna dejó caer sus lágrimas.

—Espera un segundo —Nanea levantó la mano—. Probablemente esto sólo sea uno de esos rumores.

—Como cuando alguien dijo que los anuncios de las tiendas de ropa estaban llenos de pistas para los espías japoneses —dijo Lily.

—¡Exacto! —Nanea exclamó— Y no era verdad.

—O que en las plantaciones de azúcar estuvieron cortando las plantas en forma de flecha para guiar a los japoneses —añadió Lily.

—Tampoco era cierto —Nanea se inclinó hacia el frente— Es lo mismo, un rumor. Así que no hay que alarmarse —Nanea trató de sonar confiada, pero se sentía insegura.

—No lo sé —Donna se mordió los labios.

Mele chilló.

—Necesita salir —dijo Nanea.

Las tres niñas salieron al patio trasero con Mele. Del otro lado, la tía Rose estaba agachada sobre una tina.

—¿Qué haces? —le preguntó Lily.

—¿Eso es colorante? —preguntó Donna.

La tía Rose se levantó y apretó sus manos en la parte baja de su espalda.

—Ahora que los turistas han dejado de venir, los vendedores de collares no tenemos clientes. Pero el Tío Sam decidió usar nuestro talento para hacer redes de camuflaje —sonrió orgullosa—. Ahora estamos tan ocupados como siempre.

—¿Para qué quiere el gobierno redes de camuflaje? —preguntó Donna.

—Las usan para cubrir edificios y equipamiento, incluso soldados —explicó la tía Rose—. De esa forma el enemigo no puede verlos desde el aire.

"Las redes de camuflaje son necesarias, ¿pero mi amiga no?", pensó Nanea. De repente tuvo una idea.

—¿Puedo ayudar? —le preguntó a la tía Rose.

Donna y Lily la miraron raro, pero a Nanea no le importó. Si no era un rumor, si los civiles innecesarios se tenían que ir, entonces ella tenía un plan. Mientras Donna hiciera algo indispensable, sería necesaria. ¡Y el gobierno dejaría que se quedara!

La tía Rose le dio a cada niña un grueso agitador.

—Tengan cuidado de no manchar su ropa con tinte

—dijo—. ¡O las manos!

La tina de Nanea era de color verde olivo. Agitó el agua turbia formando un ocho. Donna agitó el café y Lily el negro. Agitaron, agitaron y agitaron.

—Se me están cansando los brazos —Lily refunfuñó.

—¿Falta mucho? —Donna se quejó.

—¡Continúen! —Nanea las alentó, aunque sus brazos también estaban cansados.

—¿Por qué estás tan contenta? —preguntó Donna—. Hasta estás silbando.

Nanea no quería renunciar a su plan. Sería una gran sorpresa para Donna y Lily.

—Sólo estoy contenta de meter mi cuchara —dijo.

La tía Rose revisó su progreso.

—Se ve muy bien —dijo—. Yo continúo.

Sacó con cuidado las tiras de tela mojada y las colgó en los arbustos que estaban alrededor de su jardín.

—Un paso más —dijo—. Vengan, háganme compañía —instalándose en una silla grande de mimbre en su *lanai*, comenzó a cortar tela seca para hacer tiras y después cortó las tiras en pequeños trozos— Vamos a tejer estas tiras en la red —explicó.

—¿Podemos ayudarte también a cortar la tela?

—Nanea preguntó.

—Claro —la tía Rose le dio a cada una un puñado de tela.

—Esto es más fácil que agitar —dijo Lily cortando una tira de tela a la mitad.

—Tan fácil como masticar goma de mascar —dijo Donna.

Nanea estaba tan feliz de ser indispensable que cortaba las tiras lo más rápido que podía.

—¡Ups! —levantó un trozo pequeño—. Este es muy pequeño. Mejor lo tiro.

La tía Rose la detuvo.

—Las buenas redes están hechas de muchos trozos diferentes. De todas las formas y todos los tamaños. Ninguno es demasiado pequeño.

El corazón de Nanea palpitó emocionado. Ningún trozo era pequeño. Eso significaba que ningún ayudante era pequeño. Pronto el ejército se dará cuenta de que los gatitos eran necesarios para los esfuerzos de la guerra. ¡Especialmente Donna!

Cualquier cosa
por una amiga

s hora de irnos —dijo Mamá a la mañana
siguiente.

Nanea cerró su nuevo libro de Nancy Drew,
y le avisó a Mele:

—Vamos a que nos tomen las huellas digitales.
Regresaré pronto —Nanea cerró la habitación para que
Mele no se escapara otra vez. Después salió corriendo
hasta el carro de David, y se unió a Mary Lou en el
asiento trasero— Creo que es genial que tengamos una
identificación que podamos llevar a cualquier parte.
Como la que tenía para el club de fans de Dick Tracy.
Sólo que algo más adulto.

—Esa es una buena forma de verlo, monita —David
cambió la velocidad—. Pero me pregunto por qué esta
identificación sólo se requiere en este territorio.

—¿No necesitas una identificación si vives en tierra

firme? —Mary Lou preguntó.

—Nop —David negó con la cabeza.

—Debe haber una buena razón —dijo Mamá.

Nanea suspiró. Durante la guerra, parecía particularmente importante seguir las reglas. Y ahora había muchas reglas nuevas: un horario para estar en casa, un horario para apagar las luces, y hasta para comprar.

En la estación, se formaron al final de la larga fila. Nanea estaba tratando de acostumbrarse a esas filas. Estaban por todos lados: en el mercado, en el banco, en la oficina de correos. David encontró un amigo para hablar mientras Mary Lou se sentó recargada en la pared, y sacó la bufanda color verde olivo que estaba tejiendo. Últimamente había estado tan ocupada tejiendo que había una capa de polvo sobre su radio.

Mamá tomó un cuaderno de su bolso.

—Debo hablar con la Sra. Lin cuando lleguemos a casa —dijo anotándolo en su lista de pendientes.

"Esa será una larga conversación", pensó Nanea. ¡La Sra. Lin era muy platicadora!

—¿De qué? —preguntó.

—Ahora que estamos entrenados como instructores de primeros auxilios, queremos dar clases para las madres del vecindario. Pero hay un problema.

—¿Nuestra casa no es lo suficientemente grande? —Nanea siguió a Mamá mientras la fila avanzaba.

—Bueno, eso es verdad —Mamá se acomodó el sombrero—. Vamos a dar las clases en la cafetería de la secundaria. El problema son los niños.

—¿Te refieres a alguien que los cuide? —preguntó Nanea— ¿Ese es un trabajo indispensable?

Mamá inclinó la cabeza.

—Bueno, sí, se puede decir que sí.

—Los gatitos pueden hacerlo —Nanea se ofreció.

—Habrá como veinte pequeños —dijo Mamá—. Demasiados para tres niñas.

—Podemos conseguir a otras amigas para que nos ayuden —sugirió Nanea.

—¡Qué buena idea! —dijo Mamá.

—Le preguntaré a algunas niñas de mi salón — dijo Nanea—. Estoy segura que dirán que sí.

—Genial —Mamá avanzó con la fila—. La clase está programada para el próximo viernes, dieciséis de enero.

—¡Oh, no! ¿Tiene que ser ese día? —exclamó Nanea.

Mamá asintió.

—Ya hicimos el plan con la escuela. ¿Qué ocurre?

—Ese día iré a pescar con Papá —dijo Nanea.

No sabe cuándo tendría otro día libre.

Mamá hizo cara de compasión.

—No tienes que cuidar niños —dijo—. Ve a pescar con tu papá.

—Pero dijiste que todos tienen que hacer su parte en la guerra —Nanea puntualizó.

—Ya tendrás otra oportunidad de ayudar con los esfuerzos de la guerra —la tranquilizó Mamá.

Ahora el esfuerzo más grande era mantener a Donna en Hawái. Esta parecía la oportunidad perfecta para mostrar lo necesaria que era Donna.

—Es un sacrificio que debo hacer —decidió. Tenía que hacer todo lo necesario para mantener a los gatitos juntos. Pasó saliva— Le diré a Papá que no puedo ir.

Mamá abrazó a Nanea.

—Estoy orgullosa de ti. Tal vez Papá tendrá otro día libre más pronto de lo que pensamos —dijo esperanzada—. Oh, parece que es nuestro turno —llamó a Mary Lou y a David, y los cuatro avanzaron.

El hombre que estaba detrás del escritorio le hizo algunas preguntas. Después le tomaron las huellas digitales a los demás miembros de la familia.

—Sólo necesito tu dedo índice y medio —le dijo el hombre a Nanea. La ayudó a presionar sus dedos de la mano derecha, uno por uno, en el cojín para sellos y después en la tarjeta. Luego repitió los pasos para la mano izquierda— Y eso es todo.

Aquí tiene —dijo unos minutos después cuando le entregó las tarjetas de identificación a Mamá.

❀

Una semana después, Nanea notó un problema. Se suponía que tenía que llevar la tarjeta a todos lados, pero ella no tenía un bolso como Mamá y Mary Lou, o una billetera como David y Papá.

—La voy a perder, lo sé —le dijo a David. Estaban en la sala jugando *gin rummy*.

—La hermana menor de Eddie le hizo un hoyo, le puso un cordón y se la cuelga en el cuello —dijo David.

—Se puede caer —Nanea se mordió una uña—. Tal vez me podrían comprar un brazalete de identificación, como a Donna. El nuevo brazalete de Donna brillaba como un diamante alrededor de su muñeca, con un dije de plata grabado con toda su información— Sólo cinco dólares en Engholm's Jewelers.

Mamá estaba doblando la ropa limpia.

—No hay presupuesto para brazaletes —dijo.

—Tienen unos más baratos —añadió Nanea.

—Gin —David colocó su carta en la pila.

—Lo siento, cariño —dijo Mamá.

Nanea cerró cuidadosamente su mano de cartas, pensando. Había hecho esos sacos de tela para los regalos de Navidad. ¿Por qué no hacer una para su identificación? Podría colgársela alrededor del cuello o en su cinturón.

—Muy lista —dijo Mamá cuando Nanea le explicó su idea—. Es como decíamos en la Depresión: ¡Úsalo, desgástalo, recicla o ingéniatelas!

—Mi hermana es un genio —añadió David.

Nanea tomó la bolsa de retazos de tela que tenía Mamá y comenzó a escoger el material. Después de que eligió un trozo para su saco, se le ocurrió una gran idea. Había estado pensando cómo ella y sus amigas podían entretener a los niños que iban a cuidar. ¡Las manualidades eran la opción!

Nanea hojeó uno de los libros de patrones de Mamá y encontró las instrucciones para hacer animales de peluche sencillos.

—Mamá, ¿puedo usar estos retazos?

—Toma todos los que necesites —contestó Mamá.

Nanea hizo una lista de materiales. Después llamó a cada una de las niñas para explicarles el proyecto, e hizo una nota en su lista de materiales con todo lo que las niñas se ofrecieron a llevar. Cuando terminó de hacer las llamadas, Nanea sabía todo lo que necesitaba: tela, botones, hilo, algodón para rellenar, tijeras de punta redonda, pegamento, y brillantina.

—¡Mañana será un día perfecto! —dijo Nanea. No iba a poder dormir esa noche. Estaba muy emocionada por hacer algo para demostrar que Donna era necesaria para los esfuerzos de la guerra.

Nanea está al mando

l viernes, la Sra. Lin le dio la bienvenida a las niñas en la cafetería.

—Estaremos dando la clase en el salón del otro lado del vestíbulo y ustedes tendrán este lindo y grande espacio para los niños.

—Nos instalaremos allá —dijo Nanea—. Hice etiquetas para poner los nombres de los niños y traje periódico para forrar las mesas.

—¡Sí que pensaste en todo! —dijo la Sra. Lin mientras Donna y Lily comenzaron a desempacar las cosas.

Nanea sonrió por el cumplido.

—¡Sólo nos hacen falta los niños!

Cuando los niños llegaron, Lily, Makana, y Judy ayudaron a ponerles las etiquetas con sus nombres. Patricia, Alani y Bernice ayudaron a los niños a acomodarse en las sillas, y Donna, Linda y Debby terminaron de colocar todas las cosas para las manualidades.

—Va a ser divertido —dijo Nanea.

—Divertido.... —Bernice se sobó la rodilla— si te gusta que te pateen.

—Tal vez fue un accidente —dijo Nanea.

Con cada niño que llegaba, el ruido aumentaba. Finalmente cuando todos los niños estaban sentados, Nanea dijo:

—¡*Aloha*, a todos! —tuvo que gritar para que la pudieran escuchar— Tenemos un plan divertido para esta mañana.

—¿Dónde están los bocadillos? —preguntó un niño. El nombre que aparecía en su etiqueta era 'Lewis'

Bernice se inclinó hacia Nanea.

—Es el pateador —le susurró.

Los niños no se quedaban tranquilos esperando las instrucciones, como Nanea los había imaginado. En vez de eso, comenzaron a agarrar las tijeras y el pegamento.

—¡Espere, esperen! —gritó Nanea. Pero nadie le hacía caso. Nadie escuchaba sus gritos.

Alani se metió los dedos en la boca y silbó. El ruido sorprendió a todos. Incluso a Nanea.

—Gracias, Alani —Nanea trató de imitar a su maestra, Miss Smith— Ahora, vamos a comenzar con un largo trozo de tela. ¡Aún no! ¡Escuchen primero! —Muy tarde. Los niños ya estaban agarrando los trozos de tela.

—¡Yo quiero esa! —Una niña comenzó a llorar.

—Hay más para elegir —Lily le lanzó a Nanea una mirada de desesperación— Explica más rápido.

Nanea se apuró a explicar el primer paso.

—¡Me pateó! —una niña pelirroja señaló a Lewis. Bernice hizo un gesto.

—Vamos a mantener nuestras manos y nuestros pies para nosotros mismos —Nanea se limpió el sudor de la frente— Ahora elijan dos pequeños trozos para las orejas —ordenó. Ese paso se realizó sin mucho alboroto— Después vamos a pegar las orejas a la cabeza.

Inmediatamente dos niñas pequeñas se quedaron pegadas y comenzaron a llorar. Otra niña comenzó a llorar porque las dos niñas estaban llorando.

"¿Por qué, por qué, renuncié a mi viaje de pesca por esto?" se preguntó Nanea.

—Tengo pegamento en mi cabello —se quejó un niño con una camisa *palaka* de cuadros blancos y azules.

Nanea sonrió débilmente.

—Donna, ¿lo puedes ayudar?

De alguna forma, Donna también terminó con pegamento en su cabello. Y Lewis estaba regando la brillantina por todos lados. Al final de la mesa, dos hermanos se estaban lanzando botones. Uno de ellos estaba llorando. Nanea sintió ganas de llorar.

Se agachó para consolar al hermano que lloraba y su saco se salió por el cuello de su vestido.

—¿Qué es eso? —preguntó Patricia.

—Oh, es un saco que hice para mi tarjeta de identificación —contestó Nanea.

Patricia se acercó para verlo.

—Este puede ser un mejor proyecto para los pequeños. Más fácil que los animales de peluche. Y es útil.

—¡Buena idea! —Donna se jaló el pegamento que tenía en el cabello.

—Dinos qué hacer —dijo Debby.

—¡Lo primero es deshacernos del pegamento y la brillantina! —dijo Nanea. Después comenzó a dar órdenes como un general y el escándalo se transformó en un rugido tranquilo— ¿Quién quiere hacer un saco? —preguntó—. Lo pueden usar para monedas o tesoros, o para su tarjeta de identificación, si tienen una.

Cuando le mostró a los pequeños lo que iban a hacer, empezaron a poner atención.

—Quiero hacer una para mi hermano mayor —dijo Lewis con su cabello resplandeciente por la brillantina.

—Sólo si dejas de patear —dijo Nanea.

—Está bien —Lewis sonrió.

Bernice jugó con los niños 'Simón dice', mientras Nanea le mostraba a sus amigas cómo hacer el cordón para el saco. Rápidamente todos trabajaron juntos. Los niños elegían las telas y las decoraciones, y las niñas las cosían. Cuando las madres terminaron la clase y fueron a recoger a sus hijos, ya no había lágrimas en la sala.

—Qué buenas niñeras son —dijo la mamá de Lewis cuando fue por él.

Nanea sonrió. Definitivamente eran indispensables.

Cuando los pequeños se fueron, todas las niñas quisieron hacer sacos para ellas.

—¡Mira esto! —Donna hizo el suyo—. Es mejor que el brazalete.

Nanea no podía dejar de sonreír mientras recogía de las mesas los periódicos embarrados de pegamento y brillantina.

—¿Cómo les fue? —preguntó Mamá.

—Salió bien al final —Nanea le contó todo— No sabía que sería tanto trabajo.

Mamá se rio.

—Era un gran proyecto. Lo importante es que no se rindieron —inclinó su cabeza mientras veía a Nanea—. ¡Realmente estás creciendo! Fueron de gran ayuda hoy.

—Creo que podemos ayudar otra vez —dijo Nanea pensando, "lo que sea para que Donna se quede".

—Estoy segura de que habrá más oportunidades. Lo que hiciste hoy puede servir para el concurso —dijo Mamá—. Definitivamente ayudaron a la comunidad.

—Creo que sí —Nanea se encogió de hombros—. Pero la fecha límite para el concurso fue ayer.

—Oh, cariño, ¡te lo perdiste! —dijo Mamá con tristeza—. Lo siento. Debí haber puesto una nota en el calendario.

—Está bien —dijo Nanea —y estaba realmente bien. Ya no le importaba mucho ganar algo para ella. Ahora que se había involucrado, quería seguir ayudando a otros. Como a Donna. Si su plan funcionaba, Donna se quedaría.

Metiendo su cuchara

tención todos. ¡Llegó correo de tierra firme! —exclamó Mamá después del desayuno—. Cartas del abuelo y la abuela para todos—. Le entregó un sobre a Nanea, otro a Mary Lou y otro a David. David leyó la suya.

—El abuelo dice que su trabajador se alistó —suspiró —Tres de mis amigos de la secundaria McKinley se alistaron también esta semana. Desearía tener dieciocho.

Nanea miró el calendario de la cocina. Hoy es veinte de enero. Faltaban menos de seis meses para que David cumpliera dieciocho. ¿Se levantaría el cinco de junio y se alistaría?

—Tu camisa del trabajo ya está planchada —dijo Mamá cambiando de tema.

David tomó su camisa y le dio a Mamá un beso.

— Gracias, nos vemos en la noche. —dijo.

Después de que David se fue, Mamá estuvo muy callada. Nanea podía ver las pequeñas líneas de preocupación en su frente. Quería decir algo, pero Donna apareció en la puerta trasera.

—Vamos a casa de Lily —dijo Nanea.

—¡Lleva tu máscara de gas! —le recordó Mary Lou.

—¿Tengo que llevármela? —Nanea refunfuñó.

—Sí —dijo Mamá—. Son las reglas.

El ejército estaba preocupado por que los japoneses regresaran y soltaran gas venenoso, así que todos en Hawái tenían que llevar una máscara. A todos lados, todo el tiempo. Incluso los niños.

Cuando se repartieron las máscaras, Nanea se sintió como un soldado de verdad para los esfuerzos de la guerra. Pero las máscaras eran tan pesadas como bolas de boliche. ¡Y calientes! Por suerte, hasta ahora, sólo habían hecho un simulacro.

Nanea pasaba su máscara de una mano a otra, mientras ella y Donna caminaban.

—Estas cosas son muy pesadas —se quejó Nanea.

—Y difíciles de cargar —Donna también batallaba.

—¡Parece como si estuvieras peleando con un monstruo de mar! —Nanea negó con la cabeza.

—¡Y fueras perdiendo! —Donna hizo una bomba grande con su goma de mascar y la reventó.

—Será mejor que no hagas eso con tu máscara puesta —le advirtió Nanea.

—Buen consejo. ¿Qué haría sin ti? —Donna sonrió.

Cuando llegaron a la casa de Lily, pusieron sus máscaras de gas con las demás, en el vestíbulo.

La habitación de Lily estaba llena. Todas las niñas que habían ayudado a los tres gatitos en su aventura de niñeras estaban ahí. La Cruz Roja estaba planeando más clases de primeros auxilios y querían que el grupo cuidara otra vez a los niños. Nanea las había reunido a todas para planear más actividades y juegos que pudieran hacer con los pequeños. Pero también quería hablar con sus amigas sobre hacer otros proyectos para ayudar a otras personas. Tenía que haber más formas de demostrar que Donna era necesaria.

—Podríamos recoger chatarra —sugirió Donna—. El tío Sam necesita metal, caucho y papel para hacer material de guerra.

Lily soltó una risita.

—¡La tropa de scouts de Gene salió a recolectar caucho y una viejita les dio fajas!

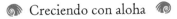

Todas las niñas se rieron.

—Hasta la ropa interior sirve —dijo Nanea. Después se aclaró la garganta para compartir una idea—. Todos los días en el periódico aparecen avisos pidiendo donadores de sangre —dijo.

—¿Sangre? —Lily se puso pálida.

Nanea buscó una fotografía del periódico en su bolso y la pasó.

—Hasta Duke Kahanamoku donó —el famoso surfista era ahora el alguacil de Honolulu.

—¿No somos muy chicas para donar sangre? —Lily preguntó, su voz temblaba.

—Sí, lo somos —contestó Nanea—. Pero no somos demasiado jóvenes para juntar botellas.

Lily parecía aliviada.

—Después del ataque, mi hermano entregaba botellas de sangre desde la Cruz Roja hasta el hospital —explicó Nanea—. En cuanto las entregaba, el hospital necesitaba más. Aún necesitan sangre ¿y adivinen qué? Hay escasez de botellas —les mostró los otros artículos de periódico que había recortado, todos hablaban de la Cruz Roja pidiendo botellas— Son indispensables —dijo sonriéndole a Donna—. Eso es lo que debemos juntar.

—¡Qué original! —exclamó Donna.

—Seremos las primeras —dijo Judy.

—¡Hagámoslo! —Lily y Makana aplaudieron.

Las voces de las niñas se alborotaban mientras comenzaban a hacer planes.

—Este será un gran paseo por la isla —predijo Lily.

Nanea estaba orgullosa de que fuera su idea.

✽

A la mañana siguiente, Nanea se levantó y se vistió en silencio mientras Mary Lou roncaba.

—Por Dios —dijo Mamá mientras Nanea se le unía en la cocina—. ¿Quién es este pájaro madrugador?

—El pájaro de las botellas —contestó Nanea.

Mamá puso dos botellas vacías de jugo en la encimera.

—Guardé estas para que empieces.

—¡Gracias, mamá! —Nanea comió rápidamente su desayuno— ¡Me tengo que ir!

Con la máscara de gas en la mano, corrió al punto de reunión en la esquina, Mele la seguía. Donna ya estaba ahí. Después de un momento, Lily apareció caminando ruidosamente por la calle jalando el carrito rojo de Tommy.

—¡Nuestras primeras donaciones! —Nanea puso orgullosa las botellas de Mamá en el carrito.

La Sra. Nicholson sonrió cuando abrió la puerta.

—Mis vecinas favoritas —dijo—. Pero lo siento, ya doné los periódicos.

—Oh, no estamos recolectando periódicos —dijo Nanea—. Estamos recolectando botellas.

—¿Botellas? Bueno —La Sra. Nicholson desapareció dentro del *bungalow* y regresó con dos botellas—. ¡Buena suerte!

Donna tocó en la siguiente casa.

—Ya no tengo chatarra de metal —el Sr. Brown negó con la cabeza.

—Pero estamos juntando botellas —dijo Donna.

El Sr. Brown se rascó la nariz.

—Bueno, creo que tengo algunas —y tenía.

La tercera casa era la de la Sra. Lin, quien agregó tres más a la colección. Y gracias a ella se comenzó a pasar la voz. Para la hora del almuerzo, el carrito estaba lleno.

—Debemos vaciar el carrito para que las botellas no se rompan —sugirió Nanea.

Donna se frotó el estómago.

—Tengo hambre.

Vaciaron el carrito en la casa de Nanea y con cuidado empacaron las botellas en cajas del mercado Pono. Después devoraron los sándwiches de *bologna* que Mamá les había preparado.

Los gatitos salieron tres veces más después de almorzar, y siempre regresaron con el carrito lleno. Llevaron su última carga mientras David regresaba a casa del trabajo.

—¿Qué sucede? —preguntó.

Nanea lo puso al corriente.

—¿Y tú pensaste eso? —revolvió el cabello de Nanea—. Esa sangre realmente salva vidas —David se veía pensativo

—¿Recuerdas cuando te hablé de Stan?

Nanea asintió.

—Eso me dio la idea. Fuiste mi inspiración.

David se veía sorprendido.

—Y estoy inspirado para ayudarte a entregar esas botellas. Vamos a ponerlas en la cajuela de mi auto.

Las niñas habían juntado tantas botellas, que no cabían en el auto de David.

—No hay problema —dijo David—. Hay tiempo de hacer un par de viajes antes del toque de queda. ¿Vienen conmigo, adorables señoritas?

—¡Sí! —Nanea contestó por los gatitos, quienes hicieron unas llamadas rápidas para pedirle permiso a sus madres.

Mientras el auto se abría paso por el camino, Nanea le gritó a David.

—Por primera vez no puedo escuchar el motor. ¡Las botellas hacen mucho ruido!

—¿Te estás burlando de mi carro?

Nanea se rio.

En el edificio de la Cruz Roja, David se estacionó en la parte de atrás y tocó el claxon. Tres señoritas de la Cruz Roja abrieron las puertas de carga. Una usaba un sombrero, la otra lentes y la tercera tenía el cabello gris azulado.

—¡Oh, por Dios! —exclamó la mujer del sombrero cuando David abrió la cajuela.

—No saben lo valioso que es esto —dijo la mujer de los lentes.

—Más valioso que los diamantes —añadió la mujer del cabello azulado—. Tenemos escasez de botellas.

¡Ustedes son la respuesta a nuestras plegarias!

—Este es sólo el primer cargamento —dijo Nanea.

—¡Y el primer día! —añadió Donna.

—Creo que voy a llorar —la mujer del sombrero sacó un pañuelo.

La mujer del cabello azulado levantó la mano.

—Llora después —dijo—. ¡Ahora tenemos que descargar este tesoro!

Cuando llevaron la última botella al interior y la colocaron en los depósitos de almacenamiento, las señoritas de la Cruz Roja les dijeron a las niñas que el siguiente paso sería esterilizarlas.

—Después las llenarán y podremos usarlas —les explicó la mujer del cabello azulado.

—¡Volveremos con más! —Nanea le prometió mientras se despedía.

—De verdad estaban impresionadas —dijo David mientras encendía el auto—. Buen trabajo, monita.

"Querrás decir buen trabajo gatitos", pensó Nanea. Pero se sentía muy orgullosa para protestar. Por fin había encontrado la forma de hacer algo grande para la isla, y de mostrarle al Tío Sam que las niñas como Donna eran indispensables.

CONTANDO UNA HISTORIA

CAPÍTULO 20

El claxon de un automóvil resonó enfrente.

—¡La Sra. Hill está aquí! —gritó Nanea.

—Estamos listas —Mary Lou recogió su bolso de playa, y siguió a Nanea junto a Iris.

Donna había planeado un pícnic en la playa Waikiki para celebrar su arduo trabajo con las botellas. «Además la escuela abre de nuevo en nueve días», había explicado Donna cuando sugirió la excursión. Se veía triste. Donna no estaba tan emocionada por regresar a la escuela como Nanea.

Nanea no podía esperar. Había marcado el primer día de clases en su calendario, 2 de febrero. Por fin algo volvería a la normalidad. Estaba ansiosa por ver a Miss Smith otra vez, aunque no fueran a estar en el mismo salón junto a la biblioteca.

La Sra. Hill dejó a los gatitos y a sus cuidadoras

cerca del Hotel Royal Hawaiian.

—¡Diviértanse! —se despidió mientras se alejaba manejando.

—¡La última en llegar es un huevo podrido! —Donna salió corriendo, y Lily se acercaba a ella.

Mary Lou caminaba con Iris detrás de ellas cargando la hielera.

Nanea se detuvo por un momento mirando el alambre de púas que habían colocado en la playa después del ataque a Pearl Harbor. Había unos cuantos lugares donde las personas podían pasar para llegar al mar. Se suponía que el alambre los mantendría seguros de una invasión enemiga, pero los grandes rollos con puntas filosas hacían que Nanea se sintiera intranquila.

—¡Vamos, tortuga! —le gritó Donna a Nanea. Ella y Lily ya habían entrado por la abertura del alambre y se dirigían hacia las olas.

—¡Miau! —añadió Lily.

Nanea pasó por el hueco en el alambre de púas y corrió para alcanzar a sus amigas. Pasaron el día jugando en el océano, haciendo vueltas de carro en la arena y jugando a ser espías que observaban a Iris y a Mary Lou, mientras miraban a los surfistas.

Después del almuerzo, Donna se ofreció a comprarles un raspado hawaiano. Mientras caminaban por la arena, Nanea dijo:

—Tengo una idea, pidamos un raspado de gatito.

—¿Qué es eso? —preguntó Donna.

—Ya verás —Nanea ordenó por todas.

—¡Un arcoíris! —dijo el vendedor de raspados poniendo jarabe de limón, naranja y fresa sobre los tres conos de raspado.

—¡Está delicioso! —dijo Donna, sus labios ya se habían pintado de color rosa.

—Incluyó el sabor favorito de cada una —dijo Lily.

Después de comer el raspado, las niñas corrieron hacia el mar para enjuagarse el pegajoso jarabe. El agua se arremolinaba alrededor de los tobillos de Nanea, llenando las huellas que había dejado. Se protegió los ojos con su mano y estudió el sol. Ya casi era hora de regresar. Este día era como sus huellas, se había llenado rápidamente. No quería que terminara.

—Hagamos una promesa —dijo Donna de repente.

—¿Sobre qué? —preguntó Lily.

—Que no me olvidarán —Donna dibujo un círculo en la arena con el dedo de su pie.

Nanea negó con la cabeza.

—¿Aún te preocupa que te manden lejos?

Donna asintió lentamente.

—Escuché a Papá y Mamá hablando anoche de eso.

—No te vas a ir —insistió Nanea. Confiaba en su plan—.Además nunca podríamos olvidarte.

Lily asintió. Las niñas se juntaron, y unieron sus meñiques.

—Siempre vamos a ser los tres gatitos —dijo Lily.

—¡Lo prometemos! —dijeron las tres al unísono.

Donna miró su reloj. Una mirada triste apareció en su rostro.

—Es hora de ir con Mamá —dijo.

Mientras Iris y Mary Lou ayudaban a las niñas a juntar sus cosas, Donna sacó su cámara.

—Mary Lou, ¿nos tomarías una foto? —le preguntó.

—Es la primera foto que tomas hoy —señaló Lily.

Donna abrazó a sus dos amigas.

—No siempre se necesita una foto para recordar lo importante.

❀

El lunes, Nanea encontró a Mamá hablando por teléfono. Eso era normal. A menudo estaba en el teléfono hablando de asuntos de la Cruz Roja, pero esta vez Nanea escuchó su nombre.

—Estoy segura de que puede arreglarse —Mamá asintió—. Sí, está bien. Le diré. Muchas gracias Señorita Allen. Mamá colgó.

—Era Gwenfread Allen, reportera de Star-Bulletin, llamaba por lo de la colecta de botellas. Quiere entrevistarte y tomarte una fotografía para el periódico —Mamá quitó unos cabellos de la cara de Nanea—. ¡Estoy tan orgullosa de ti!

Nanea también se sintió orgullosa.

—La Señorita Allen pidió que fueras con las demás niñas este jueves, 29 de enero, a las dos de la tarde a la Cruz Roja.

Nanea corrió a la casa de Lily con una sonrisa en su rostro.

—¿Qué pasa? —le preguntó Lily.

Todo lo que Nanea le dijo fue:

—Te cuento en la casa de Donna.

Nanea y Lily estaban sin aliento cuando tocaron la puerta principal de los Hill.

Nadie salió. Nanea tocó otra vez. Finalmente, la Sra. Hill abrió.

—¡Oh, niñas! —dijo triste—. Son la medicina que Donna necesita—. La Sra. Hill se hizo a un lado para que Nanea y Lily pudieran entrar, y Nanea vio que la sala estaba llena de cajas de cartón. Una estaba llena con ollas y sartenes, otra con toallas y otras con ropa.

—¿Qué significan todas esas cajas? —preguntó.

La Sra. Hill suspiró.

—Hoy recibimos malas noticias.

El corazón de Nanea se detuvo.

—Nos tenemos que ir de Honolulu, de Oahu —dijo la Sra. Hill. Debemos irnos con los demás innecesarios.

—¡No! —gritó Nanea. ¡No, después de todo lo que había hecho para demostrar que Donna era necesaria! Nanea tomó a Lily de la mano y corrió a la habitación de Donna.

Donna estaba tirada en el piso con una caja de pañuelos en su regazo.

—Les dije. Les dije que pasaría —por su rostro rodaban las lágrimas.

Nanea se contuvo. Donna era necesaria. ¿Qué había de la ayuda que le había dado a la tía Rose con las redes de camuflaje, o cuando cuidó a los niños, y la colecta de botellas?

—Pensé que era un viejo rumor —dijo Lily.

—Pero no lo es —Donna lloró—, no lo es —tomó un puñado de pañuelos. Lily y Nanea también tomaron algunos. Las niñas se sentaron juntas. Finalmente, Nanea tuvo que hacer la horrible pregunta.

—¿Cuándo te vas?

—No sabemos bien —susurró Donna—. Sólo nos dan un aviso de veinticuatro horas.

El corazón de Nanea se hundió como una piedra lanzada al mar.

—¿Un día? —preguntó Lily en voz baja.

Nanea recordó la noticia que había planeado compartir. Le dijo a Donna y a Lily sobre la fotografía para el periódico.

—Es el jueves.

—Tal vez aún esté aquí —dijo Donna esperanzada.

Nanea cerró los ojos. "Donna tiene que estar aquí para lo foto, se dijo. Tiene que estar".

Cuando Nanea llegó a casa, Papá estaba leyendo el periódico en la sala.

—Es el peor nubarrón que he visto en tu rostro

—dijo bajando el periódico— ¿Qué sucede?

Nanea se sentó en el sillón junto a él con los codos sobre sus rodillas y la barbilla en sus manos.

—Donna y la Sra. Hill se tiene que ir, pero no saben cuándo —dijo en voz baja— ¡Podría ser mañana!

Papá negó con la cabeza.

—Por la orden de personal innecesario —dijo.

—Pero, Papá, ¡Donna es necesaria! Hice un plan para probarlo —Le contó todo lo que había hecho—. No es justo —Nanea comenzó a llorar.

Papá le dio un pañuelo.

—Tienes razón, no es justo. Haz hecho mucho para ayudar al esfuerzo de la guerra y también Donna. Hicieron todo bien —Suspiró—. Pero, cariño, sin importar cuántas acciones buenas hagan, Donna no podrá quedarse. El ejército está tratando de mantener la isla segura. Tomaron esta decisión por el bien de todos.

Esta decisión no hacía sentir bien a Nanea.

—Sé que he estado mucho tiempo fuera, pero he notado un cambio en ti —dijo Papá abrazando a Nanea—. Veo que piensas primero y después actúas, con sabiduría. Y sin duda haces sacrificios, como cuando elegiste cuidar a los niños en vez de ir de pesca.

Nanea sollozó y se secó los ojos.

Papá la abrazó dos veces.

—Amigos para siempre. Sin duda ya no eres la bebé de la familia —dijo.

Hace unas semanas, esas palabras la habrían hecho feliz, pero ahora entendía por qué Mamá le había dicho que no se apresurara a crecer. No había vuelta atrás.

❀

—¡Por aquí, niñas! —el fotógrafo movió la mano—. Mírenme. Una foto más.

Nanea se acomodó el collar de orquídeas que llevaba en el cuello. Las señoritas de la Cruz Roja los habían hecho para que todas las niñas se vieran contentas en la foto. Nanea se estiró para acomodar el collar de Donna, aliviada de que ella y a su madre aún no se hubieran ido.

Donna reventó una bomba de goma de mascar.

—¡Gracias, amiga! ¿Qué haría sin ti?

Nanea sonrió valientemente, pero por dentro se preguntaba "¿Qué voy a hacer yo sin ti?"

—Ok, eso es todo —dijo el fotógrafo guardando su equipo—. A menos que necesites algo más, Gwen.

La señorita Allen negó con la cabeza. Parecía más

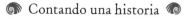

una estrella de películas que una reportera. Llevaba su cabello negro recogido en un elegante moño. Un collar de perlas enmarcaba su largo y elegante cuello. Llevó a Nanea a una esquina silenciosa del salón, lejos de sus amigas, para la entrevista.

—¿Qué te inspiró a comenzar con esta colecta de botellas? —le preguntó la señorita Allen, su lápiz estaba suspendido sobre su delgada libreta.

Nanea le contó la experiencia de David en el hospital después del ataque. Le contó como su escuela de hula había bailado en la USO para alegrar a los soldados y cómo sus amigas cuidaron niños durante las clases de primeros auxilios de la Cruz Roja.

—Pero quería hacer algo diferente, algo más.

—Hasta ahora, tú y tus amigas han reunido mil quinientas botellas. Eso ayudará a muchas personas —la señorita Allen levantó la vista de la libreta y sonrió—. Apuesto a que inspirarán a más gente para cooperar.

Nanea sonrió débilmente y asintió.

—No te ves muy contenta —dijo la señorita Allen.

—Oh, lo estoy —contestó Nanea—. De verdad.

La señorita Allen esperó con una expresión de paciencia.

—Estoy triste por otra cosa —confesó Nanea—. Mi amiga tiene que dejar Hawái. —Nanea no pudo detener una lágrima que rodó por su mejilla—. El gobierno dice que ella es innecesaria, ¡pero es necesaria para mí!

La señorita Allen escribió algo en su libreta.

—Muchas cosas han cambiado para todos desde el siete de diciembre —dijo—. Pero creo que esta guerra ha sido más difícil para ustedes los niños. Lo siento.

Nanea asintió secándose la mejilla.

—Gracias por contarme tu historia —dijo la señorita Allen. Se levantó y estrechó la mano de Nanea.

Nanea caminó hasta donde estaban Donna y Lily. Se quedaron en silencio por un momento y después Donna buscó algo en su bolsillo.

—¿Alguien quiere goma de mascar? —preguntó.

—¡Yo sí! —Lily estiró la mano.

Nanea suspiró.

—Yo también.

Alohas en el muelle

ele, pórtate bien —Nanea le advirtió mientras olfateaba los collares que estaban en su cama—. Son para Donna y su mamá.

Había llegado el día en el que Donna y su mamá debían irse. La tarde anterior habían sido avisadas.

Mele puso su hocico entre sus patas delanteras, sus ojos cafés se pusieron tristes.

David se asomó a la habitación.

—Sabes, esta guerra no va a durar para siempre.

Nanea se recargó en el pelaje de Mele, temía comenzar a llorar.

—Esta tonta guerra se ha llevado todo lo bueno de la isla—dijo entre dientes.

—Tienes todo el derecho de estar triste y enojada.

—¿Lo tengo?

—¡Claro que sí! —David abrió sus brazos—. Este

enorme mundo merece la mirada de odio de mi hermanita.

Nanea hizo un gesto.

—Te estás burlando de mí.

—No, no me estoy burlando —David se puso serio—. Vamos —la animó—. Lanza una mirada de odio —él hizo una, como si estuviera oliendo un montón de pescado dañado.

Ella, desanimada, arrugó la nariz.

David negó con la cabeza.

—Vamos, monita. ¡Sé que puedes hacerlo mejor!

Nanea entrecerró los ojos y frunció el ceño haciendo la mejor mirada de odio que pudo.

—¡Grrrr! —David se rio y Nanea también— Ayuda un poco —confesó.

Papá apareció en la puerta.

—Tenemos que irnos — dijo amablemente. La cajuela del auto de Papá tenía algunas cosas que los Hill debían subir al barco.

—Ya voy —con cuidado, Nanea recogió los cuatro collares que había hecho.

—La tía Rose estaría orgullosa de estos collares — dijo Papá—. Están hermosos.

—Están llenos de *aloha* —dijo Nanea dulcemente—. La tía Rose dice que eso es lo que cuenta.

En el pórtico, Nanea se puso sus sandalias.

—¿Lista? —preguntó Mamá poniéndose su sombrero.

—Los collares están listos —contestó Nanea—, pero yo no. Aparecieron lágrimas en sus ojos otra vez.

Mamá la abrazó.

—Sé que esto es difícil para ti —la besó en la frente—. Pero se necesita más que un océano para separar a los buenos amigos.

Nanea se subió en el asiento trasero y Papá manejó hasta la casa de los Suda. Lily salió corriendo, cargando un paquete, y se subió junto a Nanea.

—Están hermosos —dijo Lily mirando los collares en el regazo de Nanea.

—Eso también es hermoso —la caja que Lily llevaba estaba perfectamente envuelta con papel rosa. Para los japoneses, la envoltura de un regalo era casi más importante que el contenido.

Lily le dio unos golpecitos al paquete.

—Hice un marco con palitos de paleta y le pinte flores de la isla, jazmines, hibiscos y jengibre silvestre, por todas las orillas —movió sus manos como si estuviera pintando—. Pensé que podría ponerle la foto que tu papá nos tomó anoche.

Nanea asintió. Sus familias se habían reunido para una última comida con los Hill. Cuando Papá tomó la foto, obligó a Nanea a sonreír. No quería sentirse mal cuando viera la fotografía más tarde.

Nanea miró por la ventana mientras pasaban por la escuela. Los trabajadores colocaban madera sobre el agujero en el segundo piso.

—¿Crees que esté listo para el lunes?

—Va a ser tan diferente —dijo Lily—. Sin Donna y sin el salón 204.

El salón mágico de Miss Smith estaba destruido. Sus estudiantes compartirían otro salón. ¿Tendría un sacapuntas rojo brillante? ¿O un globo terráqueo? Nanea se despabiló. Esas sólo eran cosas. Lo que importaba era que Miss Smith iba a estar ahí. Miss Smith sabría qué hacer y decir para que Nanea no extrañara a Donna.

Lily le dio un golpecito.

—Ahí está la Torre Aloha. Ya casi estamos en el muelle.

Antes las salidas de los barcos significaban collares,

bailarines de hula y la banda del Royal Hawaiian. Ahora significaban tristes despedidas y soldados custodiando el muelle.

Lily se bajó del auto y alisó su falda.

—Espero que encontremos a Donna y a sus padres.

Las personas las empujaban mientras pasaban tratando de acercarse lo más que pudieran a las vallas que rodeaban el muelle.

—Nunca los vamos a encontrar —dijo Lily.

—¡Tenemos que encontrarlos! —insistió Nanea. Algo rosa le llamó la atención—. ¡Una bomba de goma de mascar! ¡Ahí! —se llevó a Lily—. ¡Donna! ¡Donna!

Los tres gatitos corrieron para encontrarse mientras los adultos las seguían para no perderlas de vista.

—Teníamos miedo de no encontrarte —dijo Lily.

—No me hubiera subido al barco sin despedirme —Donna dio un pisotón—. ¡Sin importar lo que el capitán dijera!

Ver a Donna con su mejor vestido, calcetas y zapatos negros marca Mary Jane, hizo que nanea se sintiera un poco tímida para hablar. Donna reventó una bomba de goma de mascar rompiendo el momento incómodo. Debajo de la ropa elegante estaba la misma Donna.

Lily le dio el regalo.

—Esto es para que nunca nos olvides —su voz estaba llena de emoción—. Puedes abrirlo en el barco.

—Estos son para ustedes —Nanea le puso el collar a Donna, y la Señora Hill se agachó para que pudiera ponérselo también.

—El encantador aroma de las islas —las palabras de la Sra. Hill eran alegres, pero su rostro estaba triste—. Gracias —abrazó a las dos niñas y se alejó con el Sr. Hill para hablar con los padres de Nanea.

Donna miró a su padre.

—No sé cuándo veré a mi papá otra vez —dijo.

Lily la tomó de la mano.

—Duele tener un *puka* en tu familia, lo sé, pero no es para siempre.

Donna sollozó.

—Sólo estoy preocupada por él.

—Lo cuidaremos —Lily le aseguró a Donna.

Nanea asintió.

—Lo invitaremos a cenar. Es parte de nuestra *'ohana*.

Donna dibujó una débil sonrisa en su rostro.

—Ustedes son las mejores. Gracias.

—No olvides estos —dijo Nanea, y le dio a Donna

los otros dos collares.

—Mamá y yo los lanzaremos desde la borda para que regresemos —prometió Donna.

El barco tocó tres veces su bocina.

—Hora de abordar —dijo la Sra. Hill.

Las tres amigas no tenían el valor de verse. Nanea levantó su meñique. Lily y Donna levantaron los suyos.

—¡Gatitos para siempre! —dijo Nanea.

—Prometido —dijeron al unísono.

Aunque Nanea se había prometido que no iba a llorar, las lágrimas que se habían acumulado durante la mañana comenzaron a salir. Por los rostros de sus amigas también corrían lágrimas.

El Sr. Hill se agachó y le dio a Donna un largo abrazo. Después se levantó y sacó su pañuelo.

—Vamos, cariño —la Sra. Hill tomó a Donna de la mano, y caminó por la fila de soldados que estaban custodiando la entrada a los muelles. Nadie podía pasar a menos de que tuviera un pase de abordar.

—Seguiremos ondeando los brazos hasta que ya no se vea el barco —gritó Lily.

—Hasta que se nos caigan los brazos —gritó Nanea.

Donna y su madre subieron los escalones hasta

el muelle y desaparecieron. Nanea y Lily esperaron asomándose por las vallas. Buscaron la cubierta superior del barco donde Donna dijo que iba a estar.

—¡Ahí está! —finalmente gritó Nanea.

—Está lanzando el collar por la borda —dijo Lily.

El collar de Donna rodó por la borda del barco y cayó salpicando un poco de agua. Las pequeñas flores de plumeria brillaban como perlas en las olas.

Nanea miró mientras el collar flotaba de regreso a la orilla, anhelando con todo su corazón el día en el que Donna regresara.

EL MUNDO DE Nanea

Hawái está ubicado en el Océano Pacífico, a más de 3,000 kilómetros al oeste de la superficie continental de los Estados Unidos. Aunque las islas ya eran territorio estadounidense en 1941, muchos estadounidenses no sabían dónde estaba Hawái. Eso cambió el domingo 7 de diciembre, cuando los japoneses atacaron la base naval de Pearl Harbor, cerca de Honolulu, en la isla de Oahu. De repente, todos supieron dónde estaba Hawái y todos supieron que Estados Unidos estaba en guerra.

La Segunda Guerra Mundial cambió la vida de los estadounidenses, pero sobre todo la de los residentes de Hawái. Las escuelas cerraron inmediatamente. Las playas fueron cercadas con alambre de púas. La mayoría de parques se utilizaron para almacenamiento militar. En los muelles, alguna vez abiertos para la celebración del Día del Barco, se prohibió por completo el acceso. Las llamadas de larga distancia eran monitoreadas y el correo estaba censurado; lo leían y a veces incluso lo alteraban antes de entregarlo.

Vivir en Hawái significaba seguir nuevas reglas. Nadie podía estar afuera después del toque de queda a menos que tuviera un permiso especial. «Si íbamos a cenar a casa de alguien, llevábamos pijama para quedarnos a dormir», recuerda un residente. Los apagones eran obligatorios de 6:00 p.m. a 6:00 a.m. Para personas como Nanea era difícil soportar largas tardes con ventanas y puertas cerradas, dentro de las casas hacía un calor terrible.

Estos cambios eran parte de la ley marcial, declarada el 7 de diciembre. Hawái era el único lugar en el país bajo ley marcial. En parte, por la cantidad de población de descendencia japonesa. En 1941, eran el grupo étnico más grande en Hawái, casi el 35 por ciento de la población. Como los Suda, muchas familias japonesas enviaban a sus hijos a escuelas, clubes u organizaciones religiosas japonesas, para mantener los lazos con las costumbres e idioma de su país. Después del ataque a Pearl Harbor, los líderes militares sospechaban de los residentes japoneses. ¿Podían confiar en ellos como estadounidenses, o serían fieles a Japón? La ley marcial permitía a los militares monitorear de cerca y controlar a todos los civiles.

Nanea no entendía cómo alguien podía desconfiar de sus vecinos. La cultura hawaiana estaba basada en el espíritu del *aloha*, la idea de que todos están conectados y que las alegrías y las penas se comparten. Como muchos isleños, estaba ansiosa por ayudar a los esfuerzos de la guerra para que la vida pudiera volver a la normalidad.

Había muchas formas en las que los niños ayudaban. Se ofrecían de voluntarios en los hospitales, estaciones de primeros auxilios y oficinas. Cocinaban, servían comida y lavaban los trastes para los trabajadores humanitarios y la gente que estaba en los centros de evacuación. Hacían mandados, entregaban provisiones, se convirtieron en asistentes de enfermería y cuidaban a los más pequeños. Muchos niños tomaron responsabilidades de adultos. En las islas, personas de todas las edades mostraron su patriotismo con un verdadero espíritu de *aloha*.

GLOSARIO

ae *(áe)*—sí, de acuerdo.

'ahi *(á-ji)*—un atún grande.

aloha *(a-ló-ja)*—hola, adiós, amor, compasión.

'eke hula *(é-ke jú-la)*—cesta usada para cargar atuendos e instrumentos de hula.

haole *(jaó-le)*—un extranjero, normalmente de piel blanca.

hapa *(já-pa)*—una parte, porción o mitad.

haumana *(jau-má-na)*—estudiante.

holoku *(jo-lo-kú)*—vestido de gala largo, con cola.

ho'okipa *(jo-o-kí-pa)*—hospitalidad, mostrar hospitalidad.

imu *(í-mu)*—un gran hoyo cubierto donde se cocina la comida en piedras calientes.

ipu *(í-pu)*—tambor de calabaza.

kala'au *(ká-la áu)*—un par de palos de madera usados como instrumentos de hula.

kalua *(ka-lú-a)*—hornear en un horno bajo tierra.

keiki *(kéi-ki)*—niño, niña.

kokua *(kó-kú-a)*—ayuda, una buena acción, ayudar.

komo mai *(kó-mo mái)*—un saludo o bienvenida.

kumu hula *(kú-mu jú-la)*—maestra de hula.

lanai *(lá-nay)*—pórtico cubierto.

lei *(lei)*—una corona de flores, plumas o conchas, que se usa alrededor del cuello o la cabeza.

lei po'o *(léi pó-o)*—una corona de flores, plumas o conchas que se usa en la cabeza.

mahalo *(ma-já-lo)*—gracias.

makaukau *(má-kau-káu)*—listo/lista, preparado/preparada.

mele *(mé-le)*—canción.

Mele Kalikimake *(mé-le ka-li-ki-má-ke)*—Feliz Navidad.

menehune *(me-ne-jú-ne)*—raza legendaria de personas pequeñas que trabajaban durante la noche.

mu'umu'u *(mu-mu)*—vestido largo y amplio sin cola, normalmente hecho de tela colorida o estampada.

nani *(ná-ni)*—hermoso.

'ohana *(o-já-na)*—familia.

'ono *(ó-no)*—rico, delicioso.

palaka *(pa-lá-ka)*—tela con estampado de cuadros usada para hacer camisas de trabajo y ropa casual.

poi *(poi)*—pudín hecho de raíz de taro. Un perro *poi* es un perro de raza mixta, nombrado por una raza extinta que era alimentada con *poi*.

pu'ili *(pu-í-li)*—palos de bambú usados como instrumentos de hula.

puka *(pú-ka)*—agujero. Las conchas *puka* tienen agujeros en el centro.

taro *(tá-ro)*—una planta tropical con una raíz almidonada y comestible.

tutu *(tu-tu)*—abuelo o abuela, normalmente abuela.

tutu kane *(tú-tu ká-ne)*—abuelo.

Descubre más historias sobre NANEA

disponibles en librerías y en *americangirl.com*

❧ *Clásicos* ❧

La serie Clásicos de Nanea, ahora en dos volúmenes:

Volumen 1:

Creciendo con aloha

Aunque Nanea es la más joven de su familia, sabe que está lista para más responsabilidades. Cuando Japón ataca Pearl Harbor, y Estados Unidos entra en guerra, Nanea se enfrenta a tareas y decisiones de adulto.

Volumen 2:

Hula para el frente civil

La guerra transformó el mundo de Nanea. Ella intenta hacer su parte, aunque no es fácil hacer tantos sacrificios. Pero el hula y una inesperada compañera de baile, ayudan a Nanea a mantener su espíritu *aloha*.

❧ *Vaje en el tiempo* ❧

¡Viaja hacia el pasado y comparte unos días con Nanea!

Huellas en la arena

Conoce el mundo de Nanea durante la Segunda Guerra Mundial. Aprende a bailar hula. Ayuda a una mascota perdida. Trabaja en un Jardín de la Victoria, o envía mensajes secretos.

Elige tu propio camino con esta historia interactiva.

Padres, soliciten un catálogo GRATIS en **americangirl.com/catalogue**.

Regístrate en **americangirl.com/email** para recibir las últimas noticias y ofertas exclusivas.

🌺 Un vistazo a 🌺

Hula para el frente civil

Un clásico de Nanea

Volumen 2

Las aventuras de Nanea continúan en el
segundo volumen de su serie Clásicos.

anea y Lily cruzaron la calle y entraron a la escuela. Normalmente, subirían por la desgastada escalera de madera hasta su salón, pero la escalera estaba cerrada con cuerdas amarillas atadas entre los barandales. Los trabajadores aún estaban reparando la biblioteca y los salones que habían sufrido daños en el ataque del 7 de diciembre.

Las niñas se dirigieron hacia un salón más pequeño en el primer piso, y se apretujaron para pasar por el pasillo que las llevaba a los mismos asientos que tenían en su antiguo salón. Allí colgaron las tiras de su máscara de gas en el respaldo de las sillas.

Más niños entraron, incluyendo a una niña que Nanea no había visto antes. Finalmente, Miss Smith entró al salón.

—Buenos días, estudiantes —dijo.

Las preocupaciones se deslizaron de los hombros de Nanea. Miss Smith era como Superman, entrando para salvarlos de los problemas del mundo.

Miss Smith le pidió a Lily que encabezara el saludo a la bandera. Después pasó lista. La nueva niña contestó 'aquí' cuando Miss Smith dijo 'Dixie Moreno'.

—Dixie, estamos muy contentos de que te integres a

nuestra clase —dijo Miss Smith—. ¿Nos puedes hablar un poco sobre ti?

Dixie tenía cabello café con un corte honguito y una sonrisa un poco torcida. Se levantó de su pupitre con confianza.

—Me mudé de Maui porque mi padre tiene un nuevo trabajo en Wheeler Airfield. Me encanta bailar tap y cuando sea más grande tendré tres perros —sonrió—. Ahora no puedo tener ninguno porque mi papá es alérgico —luego se sentó.

—Bienvenida, Dixie —dijo Miss Smith—. Creo que descubrirás que somos una tripulación amistosa.

Nanea no se sentía cómoda con Dixie, que estaba sentada donde debería estar Donna, pero se sentía mal porque Dixie quería un perro y no podía tenerlo.

—Ahora, antes de que comencemos nuestras lecciones, quiero asignar las labores del salón.

Cuando Miss Smith decía el nombre de cada estudiante, este se levantaba y pasaba al frente para tomar una cartulina que debía poner en su pupitre. La cartulina decía qué trabajo tenía que hacer el alumno. Nanea esperó pacientemente a que dijera su nombre. Miss Smith siempre decía que Nanea era "su mano derecha".

Nanea no podía esperar para ver qué le tocaba.

Una por una las cartulinas desaparecieron del escritorio de Miss Smith. Después levantó la última cartulina.

—El supervisor de estampillas de guerra estará a cargo de la venta semanal de estampillas de la guerra —explicó Miss Smith—. Cada estampilla ayuda al esfuerzo de la guerra, así que este trabajo es muy importante.

Ahora Nanea sabía por qué Miss Smith no la había nombrado. Estaba guardando el mejor trabajo para su "mano derecha".

Miss Smith sonrió.

—Le voy a asignar este a...

Nanea se sentó derecha.

—Dixie Moreno —dijo Miss Smith, sonriéndole a la niña nueva.

—Haré mi mejor esfuerzo —dijo Dixie.

Un pequeño cangrejo de la envidia pellizcó a Nanea. ¿Por qué Miss Smith le había dado un trabajo tan importante a la niña nueva? ¿A alguien que ni siquiera se sabía los nombres de los demás? ¿A alguien que le gustaba bailar tap? No era justo.

Sobre la Autora

KIRBY LARSON es autora de varias novelas, incluyendo el libro ganador del título honorario Newbery, *Hattie Big Sky*; y *Dash*, ganador del premio Scott O'Dell para novela histórica. Con su amiga Mary Nethery, ha escrito dos libros ilustrados, también premiados. Vive en Kenmore, Washington, con su esposo y con Winston, el perro maravilla. En su tiempo libre busca vidrios de mar y curiosidades históricas que pueda convertir en historias para los jóvenes lectores. Conoce a Kirby en www.kirbylarson.com.

Consejo de asesores

American Girl extiende su más profundo agradecimiento al consejo de asesores que autenticaron las historias de Nanea.

Linda Arthur Bradley

Profesora de Vestuario, Mercadeo, Diseño y Textiles, en la Universidad Estatal de Washington, y autora de *Aloha Attire* (Schiffer Publishing, 2000)

DeSoto Brown

Nativo de Hawái, Gerente de Colecciones y Archivo, Museo Bishop, Honolulu, y autor de *Hawaii Goes to War: Life in Hawaii from Pearl Harbor to Peace* (Editions Ltd, 1989)

Patricia Lei Murray

Nativa de Hawái, experta en hula y bordado a mano. Autora de *Hawaiian Quilt Inspirations* (Mutual Publishing, 2003) y *Cherished Hawaiian Quilts* (Mutual Publishing, 2015)

Dorinda Makanaonalani Nicholson

Nativa de Hawái, experta en hula, testigo ocular del bombardeo a Pearl Harbor y autora de *Pearl Harbor Child: A Child's View of Pearl Harbor—From Attack to Peace* (Woodson House Printing, 2001)

Marvin Puakea Nogelmeier

Profesor del Kawaihuelani Center for Hawaiian Language, Universidad de Hawái en Manoa, y autor de *Mai Pa'a I Ka Leo: Historical Voices in Hawaiian Primary Materials, Looking Forward and Listening Back* (Bishop Museum Press, 2010)